小学館文庫

この胸いっぱいの愛を

梶尾真治

JN265851

小学館文庫

1

鈴谷《すずたに》比呂志《ひろし》は、どんよりとした思いで羽田空港のロビーを歩いていた。

今回、二月のイベントとして「全国駅弁フェア」を開くことが決定している。ただ、毎年恒例のため、この数年マンネリ感が否めない。集客数も微減傾向だった。

企画会議で、もっと新商品を開拓し投入すべきではないかということになった。

「鈴谷は、子供の頃、門司《もじ》の方にいたって話してたよな。土地カンはあるんだ」

部長のその一言で鈴谷は、北九州地区の「隠れた逸品弁当」の発掘の旅に出かけなければならなくなった。

これから、数日間、駅弁だけを食べまわらなければならないかと考えると、気が重くなる。おまけに、出張に出しなに、岐阜から帰ってきたばかりの先輩に、五個も弁当をあてがわれた。

「お、鈴谷。これ、奥飛騨《おくひだ》の弁当ね。出張の途中で食っといて感想聞かせてくれや。朴葉《ほおば》寿司とか飛騨牛弁当とか。バラエティに富ませておいたから。感想はレジュメにしとけよ」

右手にさげた紙バッグの中は、空弁ならぬ奥飛騨の駅弁が詰まっている。

門司へは、あまり行きたくない。ややもやとそんな気持がくすぶっている。その正体ははっきりとわからないが、いい思い出が存在しないのだ。確かに二十年前、十歳の鈴谷は門司にいた。だが、あれから一度も門司の地は訪れていない。

誰かにぶつかった。

「あっ、すみません」

漂うように歩いてきたベージュのコートを着た痩《や》せた男だ。その男も蚊《か》の鳴くような声で、「すいません」と頭を下げた。影がうすいというか、印象に残らないというか。鈴谷より、三、四歳年上だろうか。

男は、また何度か鈴谷に頭を下げ、再び漂うように去っていった。

「なんだ、あいつ」

そのときアナウンスを聞いた。

――門司行き224便の最終搭乗手続の御案内を申しあげます。

あわてて鈴谷比呂志は、チェックイン・カウンターに駆けこむ。

「あの……鈴谷比呂志で、予約入れてるんですが。門司空港行き224便……」

受付の女性を見て、鈴谷は一瞬言葉を失った。

受付嬢の長い黒髪。切れ長の大きな瞳《ひとみ》が微笑する。

――似ている。和美《かずみ》姉ちゃん。

「予約番号をお願いできますか？」

そう言われて鈴谷は、ハッと我にかえった。そうだ。予約番号だ。メモをポケットに入れていたっけ。あわててポケットをまさぐった。

だがメモは出てこない。カウンターの上にポケットの中身がならべられる。

「あー、このメモちがう。あー、これ領収書」

財布やら小銭入れやらティッシュやら。

「おい、いい加減、早くしろってんだよ！」

後ろから罵声《ばせい》が飛んだ。鈴谷が振り向くと、眼付きの鋭い、まだ十代の若者が睨《にら》んでいた。とても堅気の人間の風体ではない。同じ便に乗るらしい。

――この間抜け、どついたろか。

布川輝良《ぬのかわあきら》は、カウンターの上で小間物屋でも始める勢いの黒コートの男を睨んだ。それから、自分自身も相当の間抜けだと思いあたった。

この間まで、ある組織のパシリをやらされていた。祖父の家で厳しく育てられ、我慢できずに飛びだした。満たされないものを満たすために、ささやかな犯罪を重ね、少年院に送られた。そこで知りあった連中の紹介で、その組織に入ったのだ。

「輝良も、いつまでもパシリはやりたくはないだろう。そろそろ、いっぱしの男にならねえか」

久屋《ひさや》の兄貴が、一丁の拳銃《けんじゅう》を渡して布川にそう言った。

「やります」

それは、鉄砲玉の仕事だった。早い話、組織の消耗品になれということなのだ。だが、その時点で若い布川に先が読めるはずもない。二つ返事で引き受けた。相手は組織の競合先の若頭だった。

「ちゃんと、責任もってタマとれよ。半端な仕事すりゃ、収拾つかなくなるからな」

久屋の兄貴は、そう念を押した。

結果として、布川は失敗した。五発のうち二発は確かに命中した。だが、標的は死んでいなかったのだ。

久屋の兄貴から、羽田空港に呼び出された。そのときから厭《いや》な予感がしていた。

「おまえ、あっちの生まれだったよな」

久屋の兄貴は意外にも猫撫《ねこな》で声だった。一枚の無記名の航空券を布川に渡して言った。

「半年くらい、ゆっくりしてこい。ほとぼりが醒《さ》めたら呼びもどすから。御苦労だったな。

中島《なかじま》の叔父貴を訪ねろ。すべて承知してるから」

眼を細めて久屋の兄貴は言った。

「拳銃はどうした」

布川はコート下のベルトあたりを指さした。

久屋の兄貴は、低く唸《うな》るように言った。猫撫で声が消え失《う》せた。

「馬鹿が！　そんなもん持って飛行機乗れるかよ。セキュリティチェックで引っかかって、すぐ逮捕だ。これから、すぐ発《た》つんだぞ」

柱の陰で拳銃を返した。最悪だ。「中島の叔父貴」のところへ身を寄せさせるのは久屋の兄貴の常套《じょうとう》手段だ。だが、元気で帰ってきたという話は聞いたことがない。

最低だぜ。布川は久屋の兄貴と別れた後、思った。生まれてこのかたロクなことはない。グレてツッぱって、この有様だ。生まれて来なきゃ良かったんだよな。こんな間抜け。前の間抜けも、やっと搭乗手続が終わったらしい。

「予約番号、お願いします」

受付嬢が、布川輝良に言った。

「予約はしてないんだ」ボソッと言いかけてさすがにそこで口を閉じた。ポケットから、久屋の兄貴から貰《もら》った航空券をカウンターに置く。

「これは？」受付嬢が目を丸くした。

航空券ではなかった。

自分を産み落としてすぐに亡くなったという母親の写真。物心ついてずっと肌身離さず持ち歩いているためヨレヨレになっている。一度も会えなかった母親……。

あわてて、布川はポケットに写真をしまいこんだ。

「まちがえた。こっちだ、こっち」

そのカウンターのそばで、立っていたのは、吹原和彦《すいはらかずひこ》だ。もう、頭に白いものが混じっているから、五十代半ばというところか。

待っていた。必ず来るはずだ。しかし、もう時間がない。最終搭乗手続のアナウンスがあったというのに。

待っていた。十八年前に別れた妻を。

かつて妻だった一ノ瀬栄子《いちのせえいこ》から電話を貰ったのが、年も押し迫ってのことだった。あれから和彦も栄子も再婚はしていない。

「十七回忌も門司のお墓に参っていなかったから。一月六日が命日でしょう。一緒に稔《みのる》の墓に行きませんか」

どうして栄子と別れたのかと思う。

そのような流れだったのだ。憎みあったわけではない。ちょっと目を離した隙《すき》に事故で一人息子を失ってしまった。それから、和彦と栄子の生活は、妙にぎこちないものに変化してしまった。あのとき、栄子が稔について行けば。あのとき、和彦が一言残しておけば。そんな後悔の日々。

このままでは、おたがい憎み合うことになる。言いだしたのは栄子からだった。九州から東京へ転勤して一年後に離婚した。

離婚したからといって和彦から、稔の思い出が消えることはなかった。それは姓が戻った栄子にしても同じだったはずだ。

もう乗りこまないと間に合わない。和彦はやや焦り始めた。

横を見ると盲目《もうもく》の老婦人が立っていた。

「おばあちゃん。はい航空券」

孫娘らしい少女が老婦人に手渡す。

「本当にひとりで大丈夫？　ここから車椅子《くるまいす》で搭乗させてもらえるよう手配したけど」

少女は、心底、心配そうだ。

「あちらじゃ、一人よ？」

老婦人は、不安な様子は微塵《みじん》も見せない。

「大丈夫」ときっぱり答えた。

「もう、おばあちゃん、言いだしたらきかないんだから」

和彦は、二人のやりとりを見ながら思う。これから、盲目の老婦人は一人旅をするつもりらしい。本当に旅先で、大丈夫なのだろうか。

「お待たせしました」

振り返ると、栄子が立っていた。和彦に頭を下げる。何年ぶりだろうか。二人は照れたような笑いを交わしあった。

「タクシーにしたのが裏目に出てしまいました。こんなに遅れるなんて」

そう言う栄子の髪にも、白いものがずいぶん増えている。

「よかった。心配しました」

和彦は、航空券を搭乗券にかえるために、カウンターに走る。もう時間がない。

2

——門司行き224便は使用機整備のため出発時刻が少々遅れますことを、お詫《わ》び申しあげます。新しい出発時刻は……。

そのアナウンスを聞いて、搭乗券を手にした鈴谷比呂志は拍子抜けした気がした。セキュリティチェックでそのとき順番を待つ列にいたのだが、混雑の時間帯のようでなかなか前に進めないでいた。だから、同時に少しほっとする。

ようやく手荷物検査のアーチまで進む。このペースなら搭乗ゲートまで走らずにすむかなとも思う。

荷物検査で滞っている男が一人いた。警備担当者に何やらしきりに弁解している。

鈴谷は思いだした。

そうだ。さっき漂うように歩いてきてぶつかった影の薄い男だ。

警備員が、何か装置のようなものを手に持っている。テレビのリモコンほどの大きさのものだ。それは男の持ち物のようだ。

「だから、これは何ですかって」

それはテレビのリモコンというより子供のおもちゃみたいな安っぽい印象だ。その正体について説明させられているらしい。

「あのー、私、九州理科大学の客員教授をやってまして、数学基礎論をやっているのですが、その中で、クロノス解析というのがあるんですよ」

痩せた影の薄い男は、首をひくひくと動かして説明する。金属探知で、その装置が引っかかったようだ。

「だから、何なんです。これ。正体がわからないんじゃ、困るんですよ」

警備員もいらついている。

「くわしく説明すると時間がかかるんですが。武器とか、爆弾とか、そんな危ないものじゃないんです。ちょっとした装置で」

男は余程、説明をするのが下手なようだ。ほとんど、しどろもどろになっている。あれでは、いっそう怪しまれるなと鈴谷は思った。

「何の装置？　ゲーム機みたいなものなんですかね」

「そ、そうです。そんなものです」

鈴谷は、はたで聞いていても、それが嘘《うそ》だろうとわかる。

「じゃ、その赤いボタン、電源ですか。ちょっとONにしてみてください」

警備員が、そう言った。仕事熱心である。影の薄い男は、装置を手に持ちボタンを押していた。

その装置から、低いビート音が流れはじめた。突如、八方破れなメロディが加わる。ロック風のものだった。

「どうですか？　これでいいですか？　これ、作動音なんですが」

影の薄い男が、眉《まゆ》をひそめた警備員に言う。

「アイ・ポッドみたいなものですか？　これ」

「レッドツェッペリンて、知ってますか？」

「知りませんなぁ」

「そんなロックグループがイギリスにいたんですよ。その中の『胸いっぱいの愛を』って曲なんです。『天国への階段』より、こっちが好きなんで。ウォナ・ホール・ロタ・ラブ！」

「わかりました。結構です」

警備員が完全に納得したとは思えないが、影の薄い男は、それで解放された。男は、そのテレビのリモコンのような装置をベージュのコートのポケットに入れて、ふらふらっと今にも倒れそうな感じで、動く歩道の方へ歩き去っていった。

「ボケ！　早く進めよ」

鈴谷は、後ろから怒鳴られて身を硬《こわ》ばらせた。

後ろには、眼付きの鋭いさっきの若者が、腕組みしていた。「はい・はい・はい」と鈴谷は、あわててアーチをくぐった。

保安検査を終えてゲートに着くと、すぐに搭乗案内が始まった。最初に、目が不自由らしい老婦人が車椅子《くるまいす》に乗せられて機内へ案内された。予想外に整備は早く終了したようだ。

羽田を離陸したのは、それから三十分後だった。鈴谷は、飛行機が嫌いだ。鉄の塊が空中を飛ぶということが、どうしても非現実的に思えてならない。加えて、高所恐怖症なのだ。だから、できるだけ窓側からは離れた場所に席をとることにしている。

何度も飛行機には乗っている。だが、どうしても慣れることはできない。機体の外部は空中で、何も支えがないのだと考えるだけで、気が遠くなりそうだ。

そんな気分を今から体験しなくてはならないと考えただけで、離陸待機の時間は憂鬱《ゆううつ》になる。

そんな鈴谷だから、飛行機事故のデータを時折、見たりすると、厭な気分になる。物理法則からいって、鉄の塊が墜落することの方が理にかなっている気がする。飛行機事故発生は、大多数が離陸時と着陸時の前後十五分が占めると記憶していた。だから、離陸して身体《からだ》に重力がかかり、浮遊感に襲われると、どこかへ逃げだしたくなるのだ。

何度体験したことか。

だが、機内から逃げる場所なんて、ある筈《はず》もなかった。

水平飛行に移り、ベルト着用のランプが消えると、鈴谷は大きく溜息《ためいき》をついた。

飛行機に乗るときの一番厭な時間帯は、まずは半分終了したのだ。

やっと、機内を見回す余裕ができた。

あまり大きな機体ではない。乗客率も七割くらいだろうか。正月明けだから、もっと、満席に近いイメージを持っていたのだが。

見回すと、通路の向こうの席の窓側で、眼付きの鋭い若者が、持ちこんだらしい缶ビールをあおっていた。

鈴谷は、視線が合わないように、あわてて顔をそむけた。

大きく身体が沈む気がした。エアポケットだったのだろうか。鈴谷は、そのとき、確かに大嫌いな飛行機に乗っているんだということを実感した。

こんなときは、仕事だ。仕事に取り組んでいれば飛行機に乗っていることを忘れることができる。

座席下に置いていた紙バッグの中から、先輩に託された「奥飛騨の駅弁」を数個とりだした。

「さあ、仕事だ」

そう口にして言ってみた。それから、最初の包みを開いた。牛弁当だ。ひたすら食べ、食べ終えようとして、弁当から糸が伸びているのに気がついた。

「何だよ、これ」

あわてて、包装紙を読む。〈糸を引いて、六分間お待ち下さい。暖かい飛騨牛弁当をお楽しみ頂けます〉とあった。

「何だよ。早く言ってくれよ。冷たいまま食べちゃったじゃないか」

それからメモを走らせた。

――まちがって冷たいまま食べてしまいましたので、評価保留。

次の包装紙を開く。今度は緑の葉にくるまれた球状のものが三個入っていた。朴葉寿司とある。

「いっぺんに喰《く》えねえよ」

ぼやきながら、無理に頬張《ほおば》る。食べ終えたときは、胃から溢《あふ》れそうな状態だった。

メモを再びとり出す。

何と書けばいいか、迷いに迷った。

——満腹状態で食べたため、正常な判断をいたしかねます。よって評価保留。

鈴谷の頭の中に、怒鳴りだす先輩の顔が、浮かんだ。あわてて、次の包装紙を解いた。

鈴谷はあきれた。

「なんで、奥飛騨に鯖《さば》の棒寿司があるんだろう。木曽川や長良川には鯖が泳いでいるのか?」

さすがに、鯖寿司を前にして手が伸びなかった。

包装紙を元に戻して、座席を倒すと、小さなあくびを漏らしていた。

通路側の席だが、隣には誰も座っていない。窓の外は、濃厚なミルクのような空が見える。雲の中を飛んでいるのだろう。

機長のアナウンスが流れた。到着は予定より四十分程の遅れが見込まれていることが告げられ、お詫びの言葉が述べられた。

——門司空港の天候はくもり、気温は三度となっております。では、短い空の旅ではございますが、ゆっくりとお過ごしください。

なべて飛行は、順調のようだった。

鈴谷は瞳を閉じ、再び門司の地を踏むことに思いを巡らせた。

門司の街は、変っているのだろうな……。

そうぼんやりと考える。

子供の頃の四年間で、まず、イメージとして思い出すのは、門司の空だ。

くっきりとした快晴の日が思い出せない。いつも、重くのしかかるような、くすんだみたいな空の色。のべつ風が吹きつけているような。

あれは海風だったろうか。

それから臭《にお》い。なんとなく、いつも生臭いような気がしていた。

実際は、そうではなかったかもしれない。だが、見知らぬ町で過ごした四年間の、子供心の印象というものは、現実とは無関係に、その時代の心の持ちかたが影響しているのかもしれない。

太陽が出ていたこともある。でも、そのときに、必ずセットになって思い出すのは——和美姉ちゃんの笑顔——だ。

もう、その笑顔も、ずいぶんぼんやりとしたものに変ってはいるのだが。

意識が、とろとろになっていく。眠い。駅弁、食べすぎたかな。どこかで、ビート音が鳴っているような。

なんという曲と言ってたろう。

「胸いっぱいの愛を」だったっけ。ダサい曲名だよなあ……。

3

鈴谷比呂志は、はっと我に返った。

まぶしい。

ここはどこだ。

あわてて、鈴谷は身を起こした。揺れている。バスの中だった。どうも熟睡していたらしい。弁当の紙バッグは飛行機に置いてきたっけと軽く考えた。

左に古い駅舎が見えた。門司港駅だ。

記憶のままの門司港駅。

二十年ぶりだ。

記憶のピントが猛スピードで合ってくるのが、鈴谷にはわかった。門司に着くまでは、なんとなくしか思い出さなかったものが、門司港駅という具体的な対象を見た瞬間に記憶の断片が集まり結晶化していくのだ。

子供時代の思い出の中に還《かえ》っていく。そして、門司の空の色が何故《なぜ》くすんでいるのかもわかる。

つらかったのだ。一人っきりで。

鈴谷比呂志が小学二年生の頃のことだ。

授業中、教室に教頭が現われた。あわてた様子で鈴谷を呼びだした。そして、これから病院へ連れていくと言った。鈴谷はわけがわからなかった。教頭は車を運転しながら、鈴谷に言った。「お父さんが、事故に遭ったそうです」鈴谷は、そのとき答えたのをおぼえている。

「嘘です」

しかし、それは嘘ではなかった。母はすでに病院に着いており、大声をあげて泣いていた。父は、運びこまれたとき、すでに死亡している状態だったと聞かされた。土木現場で突然、重機が倒れこんできて、その下敷きになったということだった。

その日を境に鈴谷の生活が一変した。落ち着くと母は仕事に就いた。朝早く家を出て、夜は遅い。鈴谷は小学校にいる時間を除いて、ひとりぼっちだった。母の顔を見ない日さえあった。

その頃から鈴谷は、手紙を書き始めた。

学校からの連絡事項や困ったことを書きおいておく。すると翌朝、母親からの回答がメモとして、その日の食事とともに残されていた。休日や、日曜日も母は仕事に出た。そして一年間が経過して自分の限界を感じた。

母親としての最低の義務が果たせないと思ったのだという。そして、鈴谷は、父の郷里である九州は門司の祖母の家に預けられた。

鈴谷は祖母の家に母親と訪れ、そして母親を見送った。あのときの門司の空は黒かった。鈴谷は母親の乗ったタクシーを雨に濡れながら見えなくなるまで追っていったことを覚えている。

祖母の家は、古いタイプの旅館だった。北九州で長期滞在する商人相手の旅館だ。その二階の小さな部屋で過ごしていた。

四年間。

もう一つ、厭な思い出がある。

近所の和美姉ちゃんのこと……。

大好きだった。よく一緒に遊んでくれた。将棋もさした。ヴァイオリンも教えてくれた。

本も貸してくれた。きれいな人だった……。

厭な思い出というのは、ある日、突然、その和美姉ちゃんが鈴谷の前から消えてしまったことだ。誰も何も教えてくれはしなかった。

鈴谷は、そのときのくやしさも忘れない。ある日、唐突に「和美さんが死んじゃった」と聞いてしまったときのショック。誰も信じられなくなって。自暴自棄になって……。

あれからどうしたっけ……と鈴谷は思う。

よく思い出せない。厭な思い出は故意に消し去ってしまったか。

祖母は、亡くなる数年前に旅館をやめて、売却したと鈴谷の記憶にはある。

あの旅館『鈴谷』は、もう解体されたのだろうな……そう鈴谷は思う。もうビルになっているのかもしれない。

「次は、錦町、錦町です」

鈴谷比呂志は我に返った。

錦町……旅館『鈴谷』があった近くだと、鈴谷は思った。頭より指が反応して停車ボタンを押していた。確か、庄司町だったたか。

「こっちのバス料金って安いなあ」

小銭をはらって下車して驚いた。

それほど街並は、自分の記憶とちがってはいない。バス停から右手を見上げると小山が見える。

鈴谷は、その小山の名前もすぐに思いだした。——たしか、三角山と言ってたよな。

鈴谷は、祖母に預けられてから丘の上にある庄司小学校に通った。学校も居心地がいいわけではなかったが、旅館に帰ると、風呂掃除が待っていた。彼の役割と祖母との間で約束になっていたのだった。それがいやさに、三角山に登り、ぼんやり過ごして街を見下ろしたりしていた。

もっと新しいビルが立ちならんでいるかと思っていた。

二十年という時間では、それほど街は変化しないものだろうかと、鈴谷は思った。八百屋は八百屋としてあり、魚屋は魚屋として存在する。

次の角を曲がれば、旅館『鈴谷』へ続く道だと思った。どう変ったのだろう。確認したい気持が湧きおこった。駅弁のリサーチには、まだ十分に時間の余裕はある。

いやな記憶も、二十年経った今なら甘酸っぱいものに変えることができるかもしれない。

そう考えた。

門司は、海と坂と山の街だ。どんな通りも傾斜が伴っているという記憶が、鈴谷にはあった。そして煉瓦《れんが》の赤茶色の建造物群のイメージ。

通りを曲がると、右手に貴船神社が見えた。昔と、変りない光景で、鈴谷はほっとした。

なつかしいものが残っていることを確認できるだけで、心やすらぐものだと実感できた。

ただ、変りない光景だが、妙にちがう印象も同時にある。

ポケットに手を突っこんで歩きながら、鈴谷はその理由に頭をめぐらせた。

何故だろう。

神社の石段に腰を下ろしたときに、突然にその謎《なぞ》が解けた。

自分の視線が、高くなっているのだ。

今の鈴谷比呂志の身長は百八十センチを超える。子供時代はどのくらいあったのか鈴谷は思い出せなかったが、身長がみるみる伸びはじめたのは、中学三年生になってからのことだったような気がしている。だから、子供時代の視線とちがっていて当然なのだ。

だから、何も変ってはいない。

立ち上がって、鈴谷は再び歩き始めた。

――この道を、まっすぐ走って老松町の市場に菓子を買いにいってたんだよな。

そんなことを、ふっと考える。

「いやだった時代」のことを忘れそうになっている自分に鈴谷は気付く。いい思い出に変ったろうか。

心の隅で、旅館『鈴谷』が、まだ残っていることを願っていた。現在、営業されていなくともいい。荒れていてもいい。もう一度見ておきたい。旅館『鈴谷』の場所がビルに変っていても、それはそれで仕方のないことだと自分に言い聞かせながら。

古い煉瓦の塀が見えたとき、鈴谷の胸は妙な昂《たか》まりを見せた。

——まさか。この塀が残っているなんて。こんなレトロな塀、とうの昔に取り壊されそうなものだよな。

そして、その塀が続く先に旅館『鈴谷』があることを、鈴谷は知っていた。

ゆっくりと歩く。過去を訪ねる旅か……と感傷的な科白《せりふ》がとびだした。

ゆっくりと坂道を下った。そして、塀が途切れる。

あった……。

叫び声は、あげなかったものの、その古びた旅館の前で立ち止まった。

小さな間口の木造の旅館。

——営業している。

鈴谷は、そのことにまず驚いた。

古びてはいるが、「旅館　鈴谷」と焦茶色の暖簾《のれん》がかけられていた。

——売却したって言ってたよな。売却先でも、同じように旅館をやっているのだろうか。旅館の前は、この寒い時期だというのに律気に打ち水された跡があった。

——ばあちゃんみたいな人がいるんだ。

そう鈴谷は思った。

看板がある。

「御商談、長期宿泊、歓迎します」

昔と同じだと思う。何も変っていないと。鈴谷は、勝手口の方へまわりこんでみた。

——あの人、口うるさかったよな。何て名前だったっけ。そうだ、ハルさんだ。「2001年宇宙の旅」って映画観《み》てからHAL九〇〇〇ってコンピューターの名で呼んでたんだよな。

勝手口が開いた。

「？」

少年が走り出してきた。少年は足を運動靴に突っかけている。グレイのセーターを着た坊っちゃん刈り。そのセーターに鈴谷は見覚えがある。まさか。

少年は、突っかけた靴をあわててなおす。そして立っている鈴谷に気がつき、変な奴、という視線を投げた。

鈴谷は、あんぐりと口を開いた。信じられないものを今、見ているのだ。

今、目の前にいるのは、二十年前の自分自身なのだから。

少年は、走り去る。一目散に。

鈴谷は少年を見送り、立ちつくしているだけだ。

これは……幻影なのだろうか。

4

鈴谷は、あてどもなく歩き続けた。何かがおかしい。何故、少年時代の自分がいるんだ。八百屋の前でテレビがニュースを流していた。映像は、中曾根首相のアップだった。テロップが、そうなっている。

その場を離れ、頭の中が整理できないままにひたすら歩き続けた。緩やかな坂を、ひたすら下る。とにかく、歩き続けていないと、鈴谷は本当に自分が発狂してしまうのではないかという気がしてならない。

「これは夢だ。夢から目が醒《さ》めない」

ぶつぶつ呟《つぶや》きながら鈴谷は歩く。彼は、自動車にはくわしくはないが、そう思って道路を見ると、微妙に古い型の自動車が走っている気がしてならない。

街角で若い女が二人、信号を待っている。

「これが門司のファッションかよ」

ひとり言を言う。女たちの着ている服は、腰のあたりが絞られた八〇年代に流行したボディコンなのだが、ファッションにくわしくない鈴谷にとって違和感のある服にしか映らないのだ。

港まで、歩いてしまった。埠頭《ふとう》に沿って歩くと、「アンカー」という名の喫茶店があった。鈴谷は、とりあえず、その喫茶店に入った。頭を冷やさなくては。まるで、テレビでやっていた〈トワイライト・ゾーン〉の世界に入ってしまったみたいだ。いや、和美姉ちゃんに貸してもらって読んだ本……〈不思議の国のアリス〉だったっけ。

カウンターの中に中年で頭の毛の薄い双生児のマスターが二人立っているのを見て、一瞬、鈴谷はぎょっとした。

不思議の国のアリスに登場する双生児、トゥイードルディとトゥイードルダムを連想してしまったからだ。窓際の席に座った。

とりあえず、コーヒーを注文した。

店内を見渡す。静かに、たゆたうような空間だ。常連らしい客が、数人カウンターにいるだけだ。窓の外は海。

か細く店内に音楽が流れていた。曲は「恋におちて」だった。鈴谷は同僚たちと行ったカラオケで、ひとまわり年齢の離れた先輩が恍惚《こうこつ》として唄《うた》っていたのを記憶している。たしか、古いテレビ番組の主題歌で、すごく流行《はや》ったって言っていた。番組は「金曜日の妻たちへ」……。

座席の近くに置かれていたマガジンラックから、新聞を摑《つか》み、広げた。

朝日新聞、昭和六十一年(一九八六年)一月五日、日曜日とある。

二十年前の新聞だった。刷りたてのものだ。黄ばみもない。紙面を開いたが、どのページも同じ日付だった。

「九州・西中国　雪、Uターン直撃」

ローカルな話題が一面トップになっていた。この斜め下にある記事。

「日ソの200カイリ内漁業委の交渉物別れ」

その記事を目で追って鈴谷は驚いた。ロシアではなくソ連になっている……。

他のページも開く。写真のキャプションに目が行く。

「ディズニーランド帰りのヤングも多い」

ヤング……死語だ。

「初夢宝くじ　第965回西日本宝くじ／第一勧銀福岡支店」

みずほ銀行ではなく、第一勧銀だった。

新聞を置いて、カウンター内の壁にかけられたカレンダーを見た。

一九八六年一月のカレンダーになっていた。余程、鈴谷が変な顔をしていたのか、双生児のマスターが同時に彼を睨んだ。

鈴谷は、自分が一九八六年の世界にいることが信じられない。ひょっとしたら壮大な仕掛けの悪戯《いたずら》に巻きこまれたということではないのか。新聞もカレンダーも悪戯の小道具？

しかし、ひょっとして……とも考える。

喫茶店を出た。

どうすべきか考えがまとまらないまま、埠頭を歩いた。前方から歩いてきた若い男と眼があった。眼付きの悪さは、鈴谷は忘れていなかった。

同じ飛行機に乗っていた若者だ。若者も、ぎょっとした眼で鈴谷を見た。それから駈《か》け寄ってきた。鈴谷は、逃げようかと一瞬思ったが身体がすくんで、動けない。

若者は、ポケットから紙片を出して、鈴谷の眼の前につきつけた。

「あ！」

鈴谷は、それが何か、すぐにわかった。門司空港行き224便の搭乗半券だ。

「ちょっと、一緒に来てくれや。理由は……わかるだろ。俺たちに起こってることだ。どうせ、行くあてもないはずだ」

問答無用という感じで若者は歩きはじめた。

「もうちょっと先に、砂浜があるんだ。俺は、布川輝良。お前は名前、何というんだ」

「鈴谷比呂志といいます」

大きく、布川はうなずいた。

砂浜までは、すぐと思ったらかなり歩かねばならなかった。その間、二人は黙ったままでいた。

「ここいらでいいか」

布川は、あたりを見回し、人気《ひとけ》がないのを確認して言った。

「こんなところまで来る必要があったんですか？」

鈴谷が言うと布川が顔をしかめた。

「俺たちの話をまわりで聞かれたら、変な奴らだと思われかねないからな。鈴谷さんよ。あんた……俺と同じ列で弁当喰ってたよな」

「ええ、仕事ですから。うちの百貨店、今度全国駅弁祭やるんで」

「いつ、やるんだ？」

「来月なんで、あまり時間なくて、こちらの人気弁当の出店交渉ですよ」

「いつの来月だ」

「いつって……二〇〇六年の二月……」

布川が、何もわかっちゃいないというように首を振った。

「やっぱ、おまえもそうか。バスの中で目を醒ましたら、ここは、門司は門司でも、二〇〇六年じゃないんだ。二十年前なんだ。一九八六年なんだよ。どうなったんだよ。俺たち。おまえ、何か知らないか？」

「知りません。私にもまったく思いあたりません。私も戸惑ってた最中ですから」

鈴谷がそう答えると、つっぱった布川の顔が一瞬だけ泣きべそをかいたような表情になった。それから、また、眼付きを鋭く変化させた。

「ま、俺ァ、いつの時代でもかまわねぇけどよ。空港で兄貴から中島の叔父貴のとこ行けって言われたときは、叔父貴たちに山に連れてかれて埋められるって直感でわかったんだ。だから、こんな時代に飛んできても、どーってことないんだがな。一九八六年って、俺、まだ生まれてもねぇーってのにな」

「布川さん。おいくつですか」

「俺か……。まだ二十歳手前。夢多き若者……と言いたいが」

布川は口ごもった。鈴谷は思う。やはり、この布川という若者と自分は理由はわからないが過去へタイムスリップしてしまったようだ。ふと思いついて携帯電話を取り出して開いてみた。アンテナの位置が圏外表示になっていた。

「携帯電話、この時代、使えないぞ。俺はもう試した。それから、財布に金が入ってても、この時代じゃ偽札扱いされるから注意しろ。小銭は使える。さっきタバコ買おうとしてわかったんだ。もっとも、タバコは値段が安くなっていた。しかもＪＴじゃなくて専売公社のタバコだったけどな」

少し得意そうに、布川が言った。

「私たちだけなんですか？　この時代に来たのは。あれだけ乗客がいたじゃないですか」

鈴谷が尋ねると、布川は「おまえが初めてだよ。おまえ、カウンターでトロかったから顔をおぼえてたんだ」と答えた。

「すみません。で、これから、どうするんですか？」

「俺は行く、どこへ行くかなんて訊くんじゃねえぞ」

「私は？」

「おまえはおまえだ。自分で考えろよ。ちょっと待て」

布川は、砂浜で半ば埋まりかけていた空き瓶を拾いあげた。それを鈴谷にほうってよこす。

「よし、何か連絡とりあうときは、この空き瓶に手紙残して、あの赤い杭《くい》の下に埋めておこうや」

そう言い捨てて、布川は、さっさと歩き去った。

一人残った鈴谷は、まるで墓標のように見える赤い杭の下に律気に空き瓶を埋めて、再び、とぼとぼと歩き始めた。

電話ボックスがあった。よし、勤め先のデパートに電話をしてみよう。百円玉を使った。

「営業企画部の鈴谷ですが、吉崎《よしざき》部長をお願いします」

電話はつながったが、部長に吉崎などいないという返事だった。予想どおりだった。百円の通話時間が終り、唐突に電話が切れた。

鈴谷は、これからどうすればいいのか、いい方法は何も浮かばない。

電話ボックスを出たときに、あることに思いあたった。

「一月五日って……ばあちゃんの誕生日だったっけ」

それが、何か、大事なことを意味するような気がしてならなかった。

突然、記憶が閃光《せんこう》のように蘇《よみがえ》った。

「たいへんだ。あの日なんだ!」

鈴谷は叫び、それから全速力で走りはじめた。

5

鈴谷の記憶では、それは夕方だった。強烈すぎる思い出。

少年の鈴谷比呂志は、呆然《ぼうぜん》と祖母の旅館の前で立ちつくしていた。鈴谷の眼の前には、何台も消防車が停まっていた。走りまわる消防士たち。蛇のようにうねる放水用のホース。

その騒動の原因が、自分にあるということで、罪悪感で気を失いそうだった。

その事件で、決定的に祖母の鈴谷 椿《つばき》の信頼をなくしてしまった気がしていた。

それが今日だったのだ。

さっき、少年時代の鈴谷比呂志が出かけるのを鈴谷は目撃した。何故出かけたのか。

今、はっきりと思い出していた。

あれは、善意だったのだ。

あの朝、ばあちゃんとハル九〇〇〇の会話を小耳にはさんで、ばあちゃんの誕生日だということを知った。それでばあちゃんを喜ばせようとケーキを作ることを思いつき、お年玉を持ってケーキの材料を買いに出かけたのだ。

結果的に、オーブンの操作方法をまちがえてしまったのだろうかと思う。焼きあがるまで時間があると考えて、その場をはずしてしまったのが致命的だった。隣の部屋でマンガを読んでいた気がする。

ハルの悲鳴。ばあちゃんが「消防を」と叫ぶ声。

オーブンの過熱。そして出火。すさまじい煙。

結果的に台所の一部を焼くボヤにとどまったが、旅館『鈴谷』は、一カ月の営業停止処分を受けることになった。

それからの鈴谷少年は、ずっと祖母の椿に負い目を感じ続けることになる。ばあちゃんが、自分に厳しくあたっていたのは、その件が関係している。そう鈴谷はずっと考え続けていた。

もし、まだ、出火していなければ……。今なら止められる。

鈴谷は、必死で走った。

この数年、こんなに走った記憶はない。だから身体もなまっている。息は、まるでエアポンプだった。数十メートルも連続して駈けると足も満足に上がらない状態になった。おまけに緩やかな登りの坂道だ。立ち止まらなければ身が持たないと思いつつも、走り続けた。

間に合わなければ、あの忌まわしいできごとが起こってしまうのだ。

二十分も走り続けたろうか。庄司町の標示が見えた。もう祖母の旅館は遠くないはずだった。古い赤煉瓦の塀が見えて、ほっとする。へたりこみたい誘惑と鈴谷は必死で戦った。

旅館『鈴谷』が見えた。

「間に合った」

思わず鈴谷は叫び声をあげた。あの悪夢のような消防車の群れは、いない。

そのまま、暖簾をかきわけて玄関に飛びこんだ。人気はない。靴を脱ぐのももどかしく、勝手知ったる厨房にそのまま走りこんだ。

鈴谷は、一瞬、間に合わなかったのかと思った。厨房内は白煙が充満していた。焦げる臭気《しゅうき》が鼻をついた。

煙のもとは、冷蔵庫横のオーブンのはずだ。

「スイッチ切らなきゃ」

間に合わなかった。いきなりオーブンの扉が開き、火炎放射器のように炎を噴き出したのだ。

鈴谷は自分の髪がチリチリ焼けているのがわかった。反射的に厨房の隅に置かれていた消火器を摑み、ピンをはずして炎に向けた。真っ白い泡状のシャワーが飛びだし、瞬時に炎は消えた。

ボヤは、まぬがれた。オーブンの破損だけで事は終った。鈴谷は全身から力が抜けていくような気がした。今、自分の人生の中で、悔いを残していたできごとが解決できたのだから。

かすかに……かすかに……ロックの曲が聞こえた。

「胸いっぱいの愛を」という……あの、影のうすい男が羽田の手荷物検査場で持っていた装置から流れていた曲。

「ああっ」

ドア口で、女の声がした。鈴谷が我にかえって振り向くと、割烹着《かっぽうぎ》の女性があんぐりと口を開けて立っていた。

「ハルさん」

ハル九〇〇〇だと、鈴谷はすぐにわかった。驚きのあまりへなへなと座りこんだ。すぐ横にマンガ本を手にした子供時代の鈴谷比呂志が呆然と立ちつくしていた。

「どうしたんだい」

遠くから声が聞こえる。祖母の椿の声だった。鈴谷の身体が、無意識のうちにびくっと硬《こわ》ばる。まるで条件反射のように。

そして、鈴谷は〝ばあちゃん〟と会った。二十年前の記憶の姿どおりのばあちゃんだった。年は経ているが、顔だちは気品に満ちている。若い頃は、さぞや美人だったのだろうなと思ってしまった。子供の頃は思いもしなかったことだ。

「ヒロがやったのかい。馬鹿ッ」

そうだったと鈴谷は思い出していた。子供時代の鈴谷は、皆からヒロと呼ばれていたのだ。ヒロも、椿に怒鳴られてびくっと身を硬ばらせた。

それから、椿は不思議そうに鈴谷の顔を見た。

「あんたは？　誰なの？」

「あ、私ですか」そこまでは鈴谷は何も考えていなかった。「ちょうど、この旅館の前を通りかかったら……焦げくさい臭《にお》いがして、白い煙が見えたんで、あわてて飛びこみまして」

「ふうーん」と不思議な顔で、しげしげと鈴谷の顔を見た。椿は今一つ納得いかないようだった。

それから、鈴谷がお茶でもと案内されたのは、従業員用の食卓だった。

鈴谷は、目の前で椿に怒鳴られるヒロを見ることになった。こうやっていつもばあちゃんに叱《しか》られていたんだと考えながら。ヒロは口を尖《とが》らせて、憮然《ぶぜん》としてうつむいていた。

「聞いてんのかい？　何とか言ったらどうだ。ヒロ」

ヒロはじろりと鈴谷を睨んだ。

鈴谷は、思わず反射的に「……はい」と答えてしまった。椿とヒロが、何故というように鈴谷を見た。あっ、しまったと鈴谷は思うが言ってしまったものは仕方がない。

「いや、さっき聞いたのですが、今日は、おばあちゃんの誕生日だそうですね。ヒロ君もいたずらをしようと思ってたわけじゃなくておばあちゃんに誕生日ケーキをプレゼントしようと企てていたらしくて。それが裏目に出てあんなことになったらしくて」

うつむいていたヒロが、驚いたような眼で鈴谷を見た。何で、そんなこと知っているんだという顔で。

椿は、口を閉じ、しばらく鈴谷とヒロを見較《みくら》べていた。それからヒロに言った。

「ヒロ、この人にお礼を言いな」

ヒロがペコリと鈴谷に頭を下げた。だが眼は睨んでいた。

そこへハルが来て、椿に電話がかかっていることを告げると、椿は「どうぞ、ごゆっくり」と鈴谷に告げ、部屋を出ていった。

部屋は鈴谷とヒロの二人っきりとなった。幼い日の鈴谷には、こんな人物と出会った記憶はない。ヒロは、顔を上げ、じっと鈴谷を睨んだままだ。鈴谷としては、何とも居たたまれない気持だった。

「おまえ……」と鈴谷は少年の自分に言った。

「おまえと呼ぶな！」ヒロが叫ぶ。

「じゃ、ヒロでいいか？」

「なんかムカつくな。おまえ、誰だよ」

いやな子供だなあと、鈴谷はあきれた。こりゃあ、ばあちゃんに叱られて当然だったろうなと思う。緊張が少し解けて、鈴谷は正座していた足を崩した。

「俺か……俺はスズキ……ヒロアキだ。おまえはスズタニヒロシだろ？　けっこう俺たち似た名前だよね」

鈴谷はそう答えている自分が少しおかしかった。

そこへハルがやって来て鈴谷に言った。

「あの、お客さま。あちらにお食事を用意しましたので、お召しあがり下さい」

「いや、それは、あまりにも」

「おかみさんが、ぜひひとのことですので」

「そ、そうですか」

それから、ハルは声を裏返させてヒロに言った。

「ヒロちゃん。あんたは今夜は晩飯抜きよ」

ヒロが叫んだ。

「ハル九〇〇〇の冷血！」

ヒロの悪態が聞こえないふうで、ハルは鈴谷を先導して歩きはじめた。

「ハル九〇〇〇って何なのかしら。そんなのマンガに出てくるんですか？」

「さぁ、知りません」鈴谷はしらばっくれた。

ハルは、椿の同級生の娘だということだった。一度は結婚したものの、不幸な別れかたをしたらしく、椿が預かり住みこみで仲居として働いていた。その後の消息は聞いていないが、椿はハルをけっこう頼りにしていたという。

さて、これからどうしよう。寝泊りするあてもないが。案内されながら、鈴谷はそう考えた。

これが一番いい方法に思えた。この時代、自分には、頼れるものは何もないのだから。

「あの、ハルさん」

「はい」

「実は……おかみさん……椿さんにちょっと相談したいことがあるのですが」

ハル九〇〇〇は、不思議そうに、ハァと首を傾《かし》げた。

6

とりあえず、この時代で落ち着ける場所が確保できたという思いで、鈴谷は安堵《あんど》した。

あれから、椿の部屋へ直行した鈴谷は、ひたすら懇願した。自分を住みこみで雇ってくれないかと。給料もいらないし、人一倍、働きます。どこにも行くところがないんです。ホームレスになるか、自殺するかって考えていたくらいで……と。

気持が通じたのか、鈴谷の頼みかたがうまかったのかは、わからないが、鈴谷が必死でのべつ喋《しゃべ》くり続けている間、椿は、じっと、鈴谷の顔をのぞきこむように凝視《みつ》めていた。

一言も発さずに。

それから、決心したように彼女はうなずき、「わかった……」と言った。「ただし、余分な部屋はないから。どこでもいいんだね」

鈴谷に異存はなかった。とにかく寝泊りできる場所さえあればいい。

それから布団を持たされて、椿に連れていかれたのは、散らかり放題の二階の小部屋だった。鈴谷は案内されながら、ひょっとしたら、あの部屋かという思いでいた。自分が四年間過ごした淋《さび》しい部屋。だが、鈴谷には、自分がその部屋で誰かと過ごした記憶はない。いつも、一人だった……。

椿がドアを開くと、晩飯抜きの罰を与えられたはずのヒロが、両手におにぎりを持っていた。突然、ドアが開いて仰天したのか、「うぐぐぅ」と喉《のど》を詰まらせ眼を白黒させた。ヒロは厨房にしのびこんで、自分で食いものを調達したらしい。

そのことについては、椿はヒロに一言も言わず、「今日から、スズキさんと相部屋だからね」と言い残しただけだ。

「明日から四時起きでがんばります」

鈴谷がそう言うと、椿は鈴谷をじっともう一度見て、うなずき部屋を出ていった。

その時点で、鈴谷は疲労が極限に達していた。走りまわった肉体の疲労と、わけのわからない状況にほうりこまれた精神的疲労。

「ワリ。俺もう寝っから」

鈴谷はとっとと布団を敷くと服を脱いでごろりと横になった。

「ふざけんな」「俺、ヤだからな」「出ていけ」「いつまでいるんだ！」

ヒロが布団を蹴《け》り続けているのはわかったが、鈴谷の頭の中は、もうトロトロの状態だった。今度、目が醒めたら、元の世界にもどっていて、すべて夢だったということになっているのではないか……。

身体が遠いところに引っぱられる気が一瞬した。それから、「胸いっぱいの愛を」の低いビート音を聞いた気がして、意識が遠のいてしまうまでに数秒もかからなかった。


だが、目が醒めても、現実は続いていた。あのイヤな目覚ましの音だった。二十年前の。目覚まし時計に無意識に手を伸ばすと、その手にもう一つの手が触れ、鈴谷はぎょっとして飛び起きた。

ヒロも飛び起きていた。二人は顔を見合わせ、大きく溜息をついた。

それから鈴谷の一九八六年の世界での新たな一日がスタートした。ヒロに連れていかれた風呂場の清掃だ。それを一時間かけてきれいにすると、便所掃除だった。それから玄関の清掃。それが終了して朝食となった。

椿とハルは客のための朝食を準備し、客が宿を発ってしまってから、部屋の掃除や、廊下の掃除が続き、正午を回ってから、やっと一段落する時間が訪れた。

鈴谷が自分で驚いたのは、その作業の一連の手順を自分の身体が覚えていたことだ。

おかげで鈴谷は、余分なことを何も考えずにすんだのがありがたかった。身体を動かしていれば、その間は何も疑問を抱かなくてすむのだ。

「なかなか、だんどりも仕上げもよかったよ」

ハルが鈴谷にそう声をかけてくれた。ハルは労働負担が軽くなって嬉《うれ》しいらしい。

ヒロは栄町銀天街までマンガを買いに行った。鈴谷は一人、ヒロの部屋で大きく伸びをした。しばらく、ゆっくりできるなと。

部屋の中は散らかり放題だった。下着、本棚から出しっぱなしの本。お菓子の食べカス。

鈴谷は、そんな部屋を見まわしながら、自分の少年時代とはいえ、何とだらしない生活をしているんだと溜息をつきたくなった。

「自分の始末は、自分でやる……か」

鈴谷は、部屋の掃除までやりはじめた。狭い部屋だから、掃除は簡単だった。

机の上に〈冬やすみの友〉が広げられたままになっていた。まだ半分ほどしか終っていない。

「〈冬やすみの友〉かー。なつかしいな。でも、イヤな友だよな。仕方ないよ、宿題だから。でも、もう冬休みは終りだぞ。どうするんだ」

椅子には、ランドセルが掛けられていた。黒っぽいなつかしいランドセルだった。鈴谷の記憶どおり同じ位置に擦《す》り傷がある。転校して一週間くらいのときクラスの子と下校時間にけんかになり、ついた傷だ。

鈴谷はランドセルを開いた。通知表が入っていた。それを取り出して読む。

「やはり成績は、俺と同じか、あたりまえだな」

通知表をランドセルに戻して椅子を机に押しこむと、黒い楽器ケースが見えた。

それを取り出す。

ケースを開くと、小さなヴァイオリンがあった。

「和美姉ちゃんからもらったヴァイオリンだ」

すぐに鈴谷は思い出した。そのヴァイオリンは、和美姉ちゃんが子供の頃、使っていたもの。おさがりでもらったんだ。

ヴァイオリンを手にとった。軽かった。

旅館『鈴谷』に預けられて、遊ぶ相手もいなかった。だから、鈴谷は暇があれば、勘定場横のロビーに置かれていた将棋盤で一人で遊んでいた。将棋は父に幼稚園の頃から教わった。一人二役で将棋をさしていた。

「お、少年。将棋やるんだな」

顔を上げると、髪の長い色の白いお姉さんが笑っていた。白いブラウスにピンクのカーディガンを着ていた。笑うと口が大きいなあ。笑わないと眼が大きいなあ。でもきれいなお姉さんだなあ。

それが和美姉ちゃんに会った最初の印象だった。

顔が真っ赤になったのを覚えている。

和美姉ちゃんは、スカートのくせに、ソファの上であぐらをかいていた。子供だった鈴谷は、言葉が出てこずに、首を縦にふったり横にふったりを続けた。

「将棋、むずかしいのかな。私、やったことがないんだ」

それでも、いつの間にか、和美姉ちゃんと話ができるようになった。

和美姉ちゃんと会っていなかったら……。門司は何も救いのないところだった。庄司小学校では、友だちもできず、校庭でぼんやり関門橋や門司の街を見下ろして過ごした。ときおり、裏山に作られた「庄司ぼうけんの森」というフィールドアスレチック施設で、都会のもやしっ子いじめにあったりもして。

和美姉ちゃんだけが、希望だったのだ。

旅館『鈴谷』の近所に、そば処『たもつ』という店がある。和美姉ちゃんは、そこの一人娘だった。ばあちゃんはそば処『たもつ』とは家族同然のつきあいをしていた。といってもそば処『たもつ』は親父の保《たもつ》さんと和美姉ちゃんの二人家族。和美姉ちゃんはばあちやんを母親みたいに慕ってよく遊びに来ていたのだそうだ。

和美姉ちゃんは、将棋の駒《こま》の動かしかたを覚え、暇があれば、将棋をさした。夢のような時間だった。いつまでも、その時間が続けばいいと思っていた。

ある日、和美姉ちゃんの部屋に連れていかれ、ヴァイオリンを渡された。

「いつも、ヒロには将棋教えてもらうからな。今日から、私がお返しにヒロに教えてやるよ」

そう宣言された。そして、子供時代に使っていたという、そのヴァイオリンをくれたのだった。

鈴谷は、その思い出のヴァイオリンをくるりとひっくり返した。裏に「和美」と名前が書かれていた。

「やっぱりそうだ」

鈴谷は、ヴァイオリンに顎《あご》をあてた。こんなに小さなヴァイオリンで練習していたのかと驚いた。

あまりさまざまな曲が弾けるところまでたどり着いた記憶はない。でも、少しは弾けるような気がする。

和美姉ちゃんは、ヴァイオリンを教えるときは人格が変ったような気がする。燃えるような眼になった。

「顎を引いて。背筋を伸ばして」

背中をぴしゃりと叩《たた》いた。

「ヴァイオリンってデリケートなのよ。優しく扱わないと、ひどい音しか出ないんだから。変な姿勢だったら、変な音にしかなんないの」

ネックのところにいくつかの細い白テープが貼ってあった。それも和美姉ちゃんが、音階がわかりやすいように貼ってくれたものだ。

弓の持ちかたも、うるさかったなあと鈴谷は思い出す。

「親指はフロッグね。この白いとこにあててねじが小指。残り三本は卵包むみたいに。そうここに当てる。力入れすぎちゃダメだぞ。デリケートなんだから」

鈴谷は、そんな記憶を頼りに弦に弓をあてて、ゆっくりと弾いた。

ギ・ギ・キ・キ・キ。

思わず手を止めた。こんな狂暴な音だったろうか。

そうだ。アレがいる。思い出したが、名前が出てこない。アレだよ。アレ。

ヴァイオリンケースをもう一度開いた。楽器の先端の渦巻きを納める下にそれがあった。

松脂《まつやに》をつけなくては。

弓の毛部分に松脂をこすりつけた。

再び、かまえて「エヘン」と咳《せき》ばらいし、弦を押さえた。弓をあてて、ゆっくりと弾きはじめた。二十年ぶりの『ロングロングアゴー』。

簡単な曲だったはずだ。だが、まだひどい音色で、やや、不協和音に近い。上手くないのだが『ロングロングアゴー』ということはわかる。

誰かが階段を駈け登ってくる。ヒロの足音ではないと思った。ドアが開いた。黒く長い髪の若い女だった。鈴谷は息を呑《の》んだ。

女が「ヒロは……」と尋ねなければ、確実に鈴谷は「和美姉ちゃん」と漏らしたはずだ。おかげで、鈴谷は首を横に振っただけでしかなかった。

「そうか」そう呟くように言うと、再びけたたましく階段を駈け下りていった。

7

まだ、鈴谷の胸は、どきどきしていた。〃和美姉ちゃん〃が生きていたのだから。

鈴谷にとって、それまで〃和美姉ちゃん〃は、意識の底にある澱《おり》の中から現われる幽《かす》かな光のようなものだった。打ちひしがれそうになるとき、意識の盾として現われるなにか。だから、いつの間にか〃和美姉ちゃん〃は鈴谷の内部では、神格化された母性、女神といった存在にまで昇華されていた。その証拠に、一九八六年に自分が飛んできて、当然、最初に〃和美姉ちゃん〃の行方について思いをめぐらせるはずなのに、今まで思い出のフラッシュはあったものの、もう一度会えるだろうかという期待を抱くことなぞ思いもよらなかった。

こんな形で、前触れもなく再会することになるとは。

だから、鈴谷は、息を呑んだのだ。不意討ちに近い。何の心の準備もできていなかった。

一言も返せなかった。まるで十歳の子供のように。〝和美姉ちゃん〟に再会したとき、鈴谷の精神年齢は、一瞬、十歳まで退行していたにちがいない。

今、突然の再会を果たしたばかりの〝和美姉ちゃん〟の表情を鈴谷は思い出した。

「幼なかった」

そう呟く。今の鈴谷にとって、〝和美姉ちゃん〟は、青木和美に変化していた。あのとき〝和美姉ちゃん〟は東京の音楽大学を卒業して、しばらくして唐突に門司に帰ってきたということだったから、二十二歳か、二十三歳ということか。

鈴谷は、彼女が実年齢では年下だとわかる。

ヴァイオリンをあわてて片付けると、何となく身の置きどころがなく小部屋の中をうろうろと円を描くように歩きまわった。頭の中は和美のことが堰《せき》を切ったように溢れ始めていた。今、まだ、和美は階下にいるはずだ。

何故、和美がこの時間ヒロを訪ねて、この部屋に来たか、理由はすぐに思いあたる。和美はヒロと将棋を指そうと思って誘いに来たのだ。

ということは、今、階下に行けば、ロビーに行けば、まだ彼女はいるはずだった。

思考よりも鈴谷の身体が先行して動いた。心の中では、ちょっと、ちょっと待てと思っている部分があるのだが、身体は、ゆっくりと和美がまだいるにちがいない階下を目指した。あわてて旅館『鈴谷』と衿《えり》に入ったハッピを身につけて。

階下に下りて、廊下を忍び足で歩くと、ロビーだ。その片隅のソファに胡座《あぐら》をかいて座っている和美がいた。

「やはり、そうだ」と鈴谷はひとり言をもらした。和美は、宿泊客の暇つぶし用に置かれている将棋盤をテーブルの上に置き、駒をならべていた。

「やはり……和美姉ちゃん、きれいだ」

それから、鈴谷の身体はジレンマに陥ってしまった。和美に近付いていって話しかけたい自分と、何を話しかけてよいかわからず、部屋へ戻って彼女には関わるな！　と叫んでいる自分と。

この年齢になるまで、鈴谷は、まともに女性と交際したことがない。それは、自分では一人の方が気楽でいいからと思っているが、実は自分の前に現われる女性と、理想の女性だった和美を無意識のうちに比較しているからだということに気がついていない。

そんな経験不足も不安をかきたてる要因だ。うまく、話せないだろう。やはり、部屋に引きこもっているか……。

鈴谷は、踵《きびす》を返し、引きあげようとした。そのとき。

「おいっ」

背中から呼ばれた。呼んだのが和美であると、鈴谷は、すぐにわかった。だから、背筋に電気が走った気がした。

「はいっ」

鈴谷は、やや裏返った声で返事していた。振り返ると、大きな瞳が鈴谷を見ている。少し首を傾げた。和美が言った。

「あんた……今、暇なんだろ。将棋指せる？」

「え。あ。ま」

鈴谷は、自分でもわからない得体のしれない答えかたをした。和美は、眉をひそめ少しいらいらしているような感じで、右手を広げ、鈴谷に前のソファに座るように促した。

そうなれば、鈴谷に断わる理由はない。最初に、和美に将棋を教えたのは、幼き日の鈴谷であるヒロなのだ。

向かいあって鈴谷と和美は、将棋の駒をならべていく。鈴谷は駒をならべながら、和美の細く白い指先に見とれてしまう。こんなに細かったたっけ。長かったたっけ。白かったたっけ。

「あんた。誰なの？」

ぴくと駒をならべる鈴谷の指が止まった。来た。何て名前でばあちゃんには言ってたっけ。

「あ……スズキ……ヒロアキと言います。昨日から、こちらの方にお世話になることになりまして……」

和美が、どんな表情で聞いているのかは、わからない。ただ、見知らぬ男と話をしているということからだろうか。感情がわからない。おまけに鈴谷は、まだ緊張していて和美の顔をまともに見れずにいた。

ならべ終えて、先手を決めなければいけないなと鈴谷が思ったとき、和美は、スッと歩を動かした。自分が先手なのは当然であると和美は考えているらしい。鈴谷は少し呆《あき》れながら、思い出していた。そうだったっけ。いつも和美姉ちゃんに先手を打たせていたものな。

「それで」

和美が言った。

「は?」

鈴谷は、顔を上げた。和美は、鈴谷を見ずに将棋盤を睨んだままだ。

「スズキさんっての? あんた、椿さんの遺産狙《ねら》いで、ここに転がりこんだの?」

鈴谷は、和美の言う意味がわからず、考えた。何を言ってるのか? ……驚いた。

「ちょ、ちょ、ちょっと。待ってください。それ、誤解ですよ。何言ってるんですか」

和美は、きょとんとした顔で鈴谷を見ていた。

「……ちがうのか。……ちがうならいいのだ」和美は将棋盤に視線を戻した。「これで……いいのだ。これで……いいのだ」次の手を考えている。

「よくありません。そんな出鱈目《でたらめ》、いったい誰から聞いたのですか？」

「……みんな、言ってたかなあ。町内の評判かなあ」

「誰ですか？」

「椿のおばちゃん」そう言って、和美は大胆に角を飛ばし、歩を取った。

「はあ……」と言いかけて鈴谷は「おかみさんが？」

「そうだよ。スズキさんを見てびっくりしたみたいだよ。スズキさんが、死んだ息子にも、死んだ旦那《だんな》にも生き写しだって。幽霊が現われたかって思ったぐらいだったって。ひょっとしたら、死んだ旦那の隠し子かもしれないって」

鈴谷は、厨房の方を見たが、椿もハルも姿は見えなかった。しかし、思いあたった。オーブンのボヤを消し止めたときの椿の顔。何故あれほど、しげしげと鈴谷の顔を凝視していたのか。椿は、あのとき、そんなことを考えていたのだ。

「でも、そんなに似てますか。ぼく……。ヒロ君のお父さんに」

鈴谷がそう訪ねたが、和美は何の興味もなさそうに盤面を睨んでいた。

「別に……。でもスズキさん、あんたどっかで会ってるような気がしてなんないの」

ごくりと鈴谷は生唾《なまつば》を呑みこんだ。正体をさとられたのだろうか。和美の手もなかなか攻撃的だ。次は桂馬を奪うつもりらしい。

「ほら！　あんたの番」

鈴谷は、鼻をつまんでいた自分の右手の指をぱちんと鳴らした。

「あ！」

和美が驚いたような声をあげた。

「どうしたんですか？」

「いや、なんでもない。なんでもない。気のせい。気のせい」

和美が何故驚いたか、鈴谷はわかったような気がした。考えこんで次の一手を選択するとき、無意識に鼻をつまんだ右手の指を鳴らすのが、子供の頃からのクセだった。そこに気付いたのではないか。

何を気に病んでいるんだという思いも、鈴谷にはあった。誰一人、自分の存在を理由づけて説明することができない時代に飛ばされているのだ。怖《おそ》れるものは何もないはずではないのか。それよりも、何十年も心のしこりになっていた憧《あこが》れの人に再会できたというのに、他にやるべきことがある筈ではないのか。

この時代に飛ばされてきたことも、意味があるのではないのか？

とりあえずは……と考えつつ鈴谷は和美の金を取った。あと三手で王手になる計算だった。

「げげげっ」

和美は、可愛い鈴の鳴るような声で、そういった。

「待ってよ。スズキ……さん」

「待ったなしです」

「いいよ。待たなくって」

和美は、肩をいからせて、盤を真剣な目で覗《のぞ》きこんだ。

8

吹原和彦と一ノ瀬栄子が門司空港行224便で最後尾の席に着き、意識のブラックアウトから気がついたときは、JR門司港駅にバスが入っていくところだった。

二人は、あわてて門司港駅で下車した。

門司港駅周辺は、濃密なガスに包まれていた。

「ひどい霧だな」

和彦は、そうもらした。その日、栄子から門司港ホテルに宿をとったときいていた。門司港駅で下車するのが一番近いと判断したからだった。

「最近は、門司港レトロといってるくらいで、この地域には、昔からの施設や建造物が集中させてあるって聞いてました」

栄子が言った。

「だが、こんなに霧が出ていては、何が何やらわからない」和彦が、やや呆れ気味の声をあげた。「私たちが門司にいたときって、こんなに濃い霧が出たことが、あったっけ」

和彦の記憶にはなかった。栄子の記憶にもなかった。

「とても、奇妙な気がするんです。飛行機に乗ってうつらうつらしていたところまでは、はっきりと覚えているのですが……その後、どうやって空港を出たとか、門司港行のバスに乗ったか考えると、思い出せない。空白の時間があって……」

それは、まるで栄子のひとりごとのようだった。再会、そして飛行機に乗りこんでも和彦と栄子の間には、無意識のうちに距離を置いたよそよそしさがあった。

「ぼくもそうだ」そう言われて和彦も思いあたる。「当然のように、門司空港に着いてバスに乗ったと思っていました。言われてみると、門司空港に関する記憶が欠落している」

二人は口を閉じた。

霧の中に門司港駅の駅舎があった。駅舎は二人の記憶にあるものと寸分違《たが》わない。青銅でふかれた屋根を持つ左右対称の木造建築だが、ローマのテルミニ駅をモデルにしたといわれる木造建築なのだ。大正三年に建てられ、国の重要文化財にも指定されたと二人は記憶していた。ネオ・ルネッサンス様式という両翼に何層もの腰折屋根と屋根窓、中央正面上部が三角切妻になったものだ。

「昔と全然変っていませんね」

栄子が霧の中にぼんやりと浮かぶ門司港駅を見て、そういう感想を漏らした。

「ああ、私たちだけが年老いてしまいましたね」と自嘲《じちょうてき》的に和彦が返した。

翌日、一月六日が一人息子だった稔の命日なのだ。明日は二人で吹原家代々の墓がある畑田町の西光寺に参るつもりでいた。朝から生花を揃《そろ》え、存分に墓所を清掃しようというつもりだ。そのために到着を前日に設定した。

「ホテルはこのあたりですか？」

宿の手配は、栄子がやると言っていた。和彦は、宿を確認してとりあえず荷物を預けておこうと考えていた。

「ええ、門司港ホテルをすすめられましたから。二部屋とって頂いています。旧大阪商船ビルの先で、門司港駅からも歩いてすぐだということでしたので」

栄子の答を聞いて和彦はうなずく。少し、複雑な気持に襲われた。二部屋とるというのは当然のことなのだと自分に言い聞かせた。そう、自分と栄子は、夫婦ではなく、他人なのだからと。

「じゃあ、とりあえずフロントに荷物を預けておきましょう」

栄子がうなずき、二人歩きはじめた頃から幻想的な霧が、急速に消えはじめた。二人の前に、昔、見慣れた門司の風景が徐々に姿を現わしていた。栄子が言った。

「あれだけ霧がすごいって、昔もありましたっけ」

「あまり、おぼえがありませんね」

「なんだか、霧が濃すぎたんで、現実の場所じゃないところに来たみたいな気がしました」

「そうですね」

そのとき、欠落した記憶の中で思い出したことがあった。そのことを和彦が口にした。

「何か、音楽のようなの……飛行機の中で聞きませんでしたか？」

栄子は考えこんだ。

「音楽ですか……なんか、腹にズンズンって響く……ロックというんですか？」

「そう。やはり聞いた……？」

「ような気もしますが……はっきりわかりません」

和彦は栄子のその返事が当然だと思った。自分は何故か聞いたような気がする。ブリティッシュ・ロックだった。曲名までは思い出せないが、ＺＥＰの曲のイメージだった。

「そうですか……」

通りを渡り、鉄筋コンクリート四階建の白いアメリカン様式の門司郵船ビルを過ぎると、灯台の代りも果たせたという八角形の搭屋を頭上に持ちオレンジ色のタイルが外壁として貼られた旧大阪商船ビルを過ぎた。その頃には、嘘のように霧が晴れていた。

だが。

栄子が言っていた門司港ホテルは……存在しなかった。数軒のプレハブと空地が広がっているだけだった。他にもホテルらしき建物は見当たらない。

「変だわ。この位置のはずなのに」

栄子が、バッグから旅行社から貰った地図を睨んだ。

「この空地のはずですが。ちょっと待って下さい。旅行社に電話いれて確認してみます」

栄子が携帯電話を出して、何度か操作して首を傾げた。

「変ね。ずっと圏外表示になってる。この場所、電波が届かないのかしら」

諦《あきら》めたようだった。それから、ちょっと待ってて下さいと言い残して栄子は旧大阪商船のビルの中に消えた。

ひとり取り残された和彦は古い建造物がならぶ街なみをぼんやりと眺めてすごした。それぞれの建物が、ひなびた都会というイメージを組み立てあっている。まるでどこかのテーマパークにでも足を踏みいれたようだ。まばらに走っている通りの自動車を眺めても、最新式の自動車は走っていない。この地域だけは、過去に執着した条令でも施行されているのだろうか。

そんなことをぼんやりと考えた。

栄子が旧大阪商船のビルから出てきた。合点がいかないという表情だった。不安気にも見える。

「ホテルは、わかりましたか？」

和彦が声をかけると、栄子は大きく首を横に振った。

「何人かに聞いたけれど、そんなホテルは知らないって言うんですよ。国民宿舎めかり山荘のことじゃないかっていう人もいたくらいです。年輩の人が、一人、埋立地にホテル建設の計画はあるみたいなこと言ってましたけど。あ……埋立地って、門司港ホテルの位置と同じようなんですが」

栄子は戸惑った表情のままそう言った。和彦も、要領を得ないままだ。

「ということは……どういうことなのだろう。門司港ホテルは……この埋立地には建設されていないということなのかな。何故、旅行社はそんなホテルをすすめたんだろう」

「電話を借りて、旅行券に書いてあった番号にかけてもみたんですけど……つながらないんです。何度かけても、現在使われておりません……って」

和彦には説明のつく解答を見つけることができなかった。少年探偵団で怪人二十面相が列車を消してしまったトリックを思い出したが、ホテル消失の推理にまでは至らない。まさにホテルは消えているのだ。

「他に宿を探した方がいいのかな」

和彦は腕を組んでそう言った。栄子も他に選択の道はないと観念したようだった。栄子は、少し口を尖らせ悔しそうにうなずいた。

「門司よりも小倉だったら宿が探しやすいと思うけど、どうする」

「仕方ありませんね。そうしましょうか」

そんな結論になった。

二人は門司港駅へもどり、切符の自動販売機に千円札を入れた。だが、何度挿入しても、札が押し戻されてくる。

「変だな。チケット販売機までこわれているみたいだ」

改札口の駅員に切符の自動販売機の不具合について尋ねようと近付いたときだった。改札口から事務室内が見えた。

鏡餅《かがみもち》がミニサイズながら飾られていた。そしてその横には虎の人形。

変だ！

そのとき和彦は初めて気がついた。今年……二〇〇六年は寅年《とら》じゃない。戌年《いぬ》のはずではないか。あの人形はどう見ても虎だ。

直感だった。あわてて、待合室近くの売店へ走った。栄子も何事かと尾《つ》いてくる。

一冊の週刊誌を手にとった。

「週刊ポスト」陽春合併特大号。

〈西武王国・堤兄弟のビジネス15年戦争〉の文字が躍っていた。和彦は、何やら得体のしれないズレを感じたのだ。何故、今、西武の話題が……。そして、その下の文字は「捜査陣もマーク？　ビデオ男と元グリコ社員」とある。これは、どのような意味を表わすのだろう。吊《つ》り広告で見る週刊誌の内容のタイトルは、いつも一目でどんな事件に関連した記事かと連想できるのが普通だ。ビデオ男とはキツネ眼の男のことで、グリコ・森永事件のことなのだろうか？　もう何十年も昔の事件だと和彦が思ったとき、その文字に気がついた。

「保存版86年マネー&ライフ」

「年頭大特集86年の選択」

「田原総一朗の21世紀前夜を撃つ　第2弾」

それぞれが、やや小さめの書体だった。

他の週刊誌の表紙も、眺めた。

「新春」「86年」の文字が同様に見える。

和彦がたどりついた結論はひとつしかなかった。ここは自分と栄子がいた二〇〇六年の世界ではない。一九八六年の世界に迷いこんでしまっているのだ。「21世紀前夜」と書いてある。他に考えようがない。切符が買えなかったのも、ホテルが存在しなかったのも、携帯電話が使えなかったのも、すべてが説明がつくのだ。

これは自分たちに仕掛けられた壮大な悪戯ではないのか。そんな思いも頭の片隅には残っている。しかし、そこまで念のいった悪戯をやって誰が何の得になるというのか。

「ここ、一九八六年なんですね」

そう栄子が言った

「まだ……稔が生きている……」

9

二人は、とりあえずの方向を決めた。

栄子が、財布をとり出し、奇蹟《きせき》を見せてくれて、それが可能になったと確信したのだ。

「この郵便貯金カード、使えるかしら」

栄子は、一枚のキャッシュカードを取り出した。クローバーの葉がデザインされたカードで、名前はローマ字でSUIHARA・EIKOとなっていた。有効期限は八八年三月末迄《まで》。

「そのカード、どうしたの？」

和彦が尋ねると栄子は、少しばつの悪そうな笑顔を浮かべた。

「私のへそくり。あなたと暮らしていたときの。今は、もう使っていないんですが、鋏《はさみ》がどうしてもいれられなくって、何故か持ち続けていたのを思い出しちゃって」

和彦は、どうして鋏が入れられなかったの？　と聞こうと喉もとまで出かかったが、口にはできなかった。そこまで尋ねる必要もない。自分の中にも似た部分は持ち続けている。心の中に。カードといった形ではなくても。

和彦は、うなずいた。二人は桟橋通りバス停前にある門司港郵便局まで歩いた。

「そのカード、使えるかな」

「使えると思います。まだ有効期限の時代だから」

「でも、ここには、私たちと、二十年前の私たちも存在しているということだよね。ということは、そのカードも二枚存在するということになる」

「そういうことですね」

「じゃ、そのカードを使って預金を引き出したら、こちらで生活している吹原栄子さんは驚くんじゃないかなぁ。引き出したおぼえのない金が引き出されたって」

栄子は、しばらく考えている様子だった。

「でも、仕方ありません。へそくりだったから、あまり騒がないと思うんです。それに、困っている自分自身のために使うんだから」

それも理屈だなと、和彦は妙に感心した。女性の方が、割り切りかたが早いのかなとも。

「じゃ、二十年前に、自分の口座から預金額が減っていたという記憶は？」

栄子は記憶をたどった。

「そんなおぼえはありません」

「ということは、私たちが門司にいたときは、未来から私たちがやってきたということはなかったということなのかな」

「そうかもしれません。でも、稔の件があったから、そんなことどうでも良くなって忘れてしまったのかも」

和彦は考えたのだ。ひょっとして原因不明の預金残高の減少を栄子が覚えていたら、自分たちが過去へ迷いこむことは歴史の一部として予定されていたことになる。ということは歴史というものは変化させることは不可能で、すべてがプログラム通りに動いているということだ。

だが、栄子も、あの時点でのできごとを特定することにはあやふやすぎるようだ。

門司港郵便局前に近付いて栄子は「ここで待っていて下さい」と告げた。

「暗証番号とか、覚えてる?」

「ええ、あなたの誕生日にしてあるから」と栄子は答えた。「十二月二十八日の一二二八です」

そして栄子は、郵便局へ歩き去った。

――まだ、栄子は、誕生日を覚えていてくれる。

それが、和彦は嬉しくもあり、驚きでもあった。

すぐに栄子は帰ってきた。あまりの早さに和彦は驚いていた。

「どうしたの。やはり使えなかった？」

栄子は、首を横に振った。

「局は開いていたけど、今日は日曜日で、ＡＴＭが使えなかったの」

あ……と和彦は思う。今日は先入観で木曜日だとばかり思っていた。だが、一九八六年一月五日は、日曜なのだ。この時代、郵便局では日曜日にそんなサービスは行われていない。

「あと方法は……明日まで郵便局でカードが使えないなら」

「明日が稔の命日ですよね。思い出してるんです。前の日に何をしたか……」

二人は桟橋通りのバス停で道路に荷物を置いて考えた。

「思い出したわ」と栄子が言った。

「何を」

「あの前の日に何をしたか。日曜日でパパも休みだった。あの日は、小倉まで皆で行ったんです。小倉駅前にモノレールが出来て、稔が、まだ乗ったことがないから乗ってみたいと言いだして……」

栄子の話を聞きながら、和彦の記憶もぼんやりとしていたものが、少しずつ形をとり始めていた。栄子が自分のことをパパと言ったのは何年ぶりのことか。その言葉も引き金になったのかもしれない。

そうだった。昭和六十年に、日本初の都市型モノレールが、小倉駅前で部分開通したのだ。それに乗りたいと稔が言いだした。それからモノレールに乗った。午前中に家を出て、バスで小倉駅まで行った。家族三人揃って。それから映画を観た。平和通駅で降りて、魚町で食事をして、稔が観たいといった映画を観た。何という映画だったろう。「グーニーズ」という映画だったような気がする。正月休みで子供たちでいっぱいの映画館は席をとるのに苦労した……。

清滝の我が家に帰りついたのは、午後六時くらいだったか……。

「今は、三人とも留守にしているはずです。我が家に、現金置いている。正月休みあけに払おうと思っていた稔の学資保険の払いこみ分。半年分だから、六万円分くらいあるはず」

あっ……と和彦は声をあげそうになった。栄子は、かつて住んでいた清滝の我が家に行こうとしているのだ。

「そんなに、現金を自宅に置いていたっけか。でも、家に行ってそれを持ってきたら犯罪じゃないだろうか。家宅侵入、窃盗……にならないかな」

「私、さっき思いついたことがあるんです」

栄子は毅然と言った。

「何故、この日に私たちが来たのかということ。それも、稔の命日の前の日に。これは神様の思《おぼ》し召《め》しだと思います。私たち使命を与えられたんです。稔を事故から救えって。他に意味がありますか？」

栄子に和彦は一言も口応《くちごた》えできない。

「私は、明日、稔が事故に遭うのを何がなんでも防ぎます。稔を救うためなら、私、なんだってやります。犯罪と言われても。人を殺せというなら、殺すかもしれません。とりあえず、今夜を過ごすために、家へ行ってお金を借りてきます。そのお金、稔がいなくなったら必要なくなるはずのものだったじゃありませんか。稔を救うためなら安いものです」

栄子に押しきられることになった。昔から栄子は言いだしたらきかないのだ。論理的に栄子の言うことは、おかしなところもあると思うのだが、そこを詰めていっても新たな方向が見えてくるわけではない。

同意する他はなかった。

そこから清滝三丁目まで歩く間、二人は黙っていた。三宜楼跡の住宅の石塀を過ぎ左折すると、昔、吹原和彦が住んでいた家がある。
なつかしい家の前に立つことになった。
心配だったのは、近所の人に見られることだった。だが、その時間帯、さいわいなこと
に通りには人影もなかった。
格子戸を開け、門の前であたりを見回すと猫の額ほどの庭と、戸口の横に水仙の咲いた
鉢が四つほどならんでいた。
「変りませんね」
そう栄子が言った。なつかしそうに首を傾げていた。そして、鉢の横には稔が乗ってい
た子供用の自転車。
「鍵《かぎ》は……」
和彦が言うと、栄子が右から二番目の鉢の下から取り出した。その鍵で、戸を開いて入
る。誰にも見られなかったと、ほっとした。
生活の臭いが蘇っていた。
そう、ここで、親子三人、暮らしていたのだ。置かれた靴、玄関の壁にかけられた果物
の静物画。活《い》けられた満天星《どうだん》も、まだ吹原家の正月の気配を残していた。
玄関からすぐ右手にお手洗、その先が台所と居間。左手に六畳間が二間続く。

今頃、二十年前の吹原家は、小倉で映画を観ている頃なのだ。

二人は、主人たちが留守をしている部屋を一つずつ見てまわった。

「思い出すわ。いちばん幸福な時代だった」

感慨深げに、栄子がそう語った。

「ずっと、このまま、幸福な状態が続くに違いないって思いこんでいた」

ハンガーに和彦のスーツがかかっていた。そのスーツを見て、自分はずいぶん痩せていたんだなと思う。

居間にはこたつがあり、その上には、稔のものらしいマンガ雑誌がある。

そう、この幸福は突然に切断されたのだ。一九八六年の一月六日、つまり、明日の朝に。

こんなことで感慨にふけっている場合ではない。

「じゃあ、借りたら、行こうか」

和彦がそう言うと、あわてて栄子はタンスの二段目を引き出し、その奥の隠し戸から、聖徳太子の一万円札を六枚、抜き出したのだった。

近くに旅館があったという。庄司町の旅館『鈴谷』という名は思い出せなかったが、栄子がその場所を覚えていて、その旅館を二人は探した。

「あまり高そうなとこは、駄目でしょ。昔からあって、割とひなびた感じでしたから」

清滝からは、その栄子の言う庄司町の旅館までは、距離もなさそうだ。

二人は、懐かしい風景を楽しみながら、急ぐこともなく旅館『鈴谷』を探した。わざと細い路地を抜けてみる。木造で三階建の家屋がならんでいたり、駄菓子屋に子供たちが群れていたり。

「この駄菓子屋さん、稔に引っ張られて来たことがあるわ。もう、稔ったら気持の悪いお菓子ばかり選びたがったから。人工甘味料とか入っていそうな」

栄子が苦笑いしながらいう。

「そうか。だけど、子供ってそんな正体のわからないお菓子って大好きなんだ。それは本能的なものだから仕方ないかもしれない」

和彦は、そう言いながら、栄子との間のよそよそしさが、少しずつ融《と》けているように感じていた。おたがいの言葉遣いも変化している。

老松町の市場もゆっくりと二人は歩いてみた。日曜日のため、シャッターが閉じている店も多かったが、十分に昭和の風景を楽しんでいた。和彦は、市場を眺める栄子の横顔を盗み見た。

栄子は微笑《ほほえ》んでいた。今、彼女自身の心も一九八〇年代の自分に返っているのだ。

市場を通り抜けると老松公園がある。中はグラウンドや門司図書館、市民会館などが点在している。二人は公園の緑に恵まれた遊歩道を歩いた。冬の時間なのに、そのときは、奇蹟的に風もなく、木漏《こも》れ陽《び》さえ降っていた。

おだやかな気持に和彦は包まれていた。本来であれば、この年齢になれば、稔も独立し、和彦と栄子のゆっくりと流れる時間が訪れていたはずだったと、ふと思う。今日の、今のような。

「何もかも、なつかしかった」

そう栄子がベンチに腰を下ろして言った。

「少し不思議です」

「何が？」

「私、門司でお墓まいりするの、行かなきゃいけないという気持と、怖いって気持がないまぜになっているところがあったんです。でも、来てよかった。いやな記憶は自分自身が作りあげていたんだって、よくわかった。いやな記憶はずいぶん風化してしまっていた。それに、ここでは、まだ、稔が生きているって確信できたんですもの」

和彦は、うん……とうなずく。

「今日のうちに、畑田町のお寺、参っておきませんか？　明日は、稔を助けなければいけないし。命日にこだわる必要もないんだから」

栄子は、そう言った。それを否定する理由は和彦にはない。畑田町までは、老松町から歩いても、それほどの距離ではないのだから。

思いつきで門司の街を歩きまわる。

それはそれで和彦と栄子には、楽しい時間なのだ。本当は門司図書館から坂道をたどれば、旅館『鈴谷』までは、どれほどの距離もないはずなのだが。

二人が、墓参りを終えて、旅館『鈴谷』に到着できたのは、午後五時過ぎだった。栄子の記憶どおり、坂道を登ると、左手に銭湯の煉瓦作りの煙突が見えた。その先の角を右折すれば、旅館『鈴谷』はあるはずだということだった。

古い煉瓦の塀の手前に、旅館『鈴谷』はあった。住宅街にあるため、ほとんど、人の行き来もない。

旅館に入ると、三十代の割烹着を付けた品のいい仲居が笑顔で迎えてくれた。和彦は、焦げたような異臭が漂っているのがやや気になったが、とりあえず部屋が空いているかを尋ねた。予約なしでの飛びこみにもかかわらず、愛想のよい応対に好感を持った。

一泊二食で一人四千七百円という、和彦と栄子が思わず顔を見合わせるほどの良心的な価格を彼女は呈示した。

迷うことはなかった。部屋を頼むと、二階の奥に通された。使いこまれた部屋だが、よく掃除がいきとどいている。トイレも風呂も共同使用だが、そんな贅沢《ぜいたく》のいえる価格ではない。むしろ、旅館そのものの古いつくりに和彦は好感を持った。床の間の柱は黒光りさえ発していたのだ。

お茶をいれてくれる仲居に、玄関口で、少し焦げ臭かった話を和彦がすると、彼女は苦笑して答えた。

「ちょっとオーブンの調子が悪くて、ショートしてしまったらしいんですよ」

その日の宿泊客はありがたいことに少なかったようだ。おまけに商用でいつも利用する客に一組キャンセルが出ていたらしい。和彦が窓際に置かれた籐椅子《とういす》に座ると、もうすでに陽が落ちかけた門司港の風景が見えた。旅館『鈴谷』は坂の上にあるのだと思い出した。関門橋も和布刈《めかり》公園も、奇妙な形の塔、世界平和パコダもすべてシルエットだった。

食事までの時間、和彦は風呂を使った。総タイルの湯舟は、彼には珍しかった。温泉ではなかったが、湯に肩までつかると、その日のできごとすべてが嘘のように思えてきた。それほど精神的緊張と肉体的疲労が一日で蓄積されたのだろう。それらのすべてが湯の中にゆるゆると融け出していくようだった。そのときの吹原和彦は忘我の境地で、二十一世紀も二十世紀も関係のないところにいた。

低いビート音とロックのメロディを和彦は聞いたような気がして、はっと目を開いた。全身が、どこかへ引っ張られるような気がしたからだ。

目を開くとビート音は止まった。引っ張られる感覚もおさまった。

風呂を上がると、女湯を使っていた栄子と廊下で同時になった。

「いいお風呂でした」と栄子が言った。

「また、あの音を……音楽を聞いた。飛行機の中で聞いた気がするあの曲と同じだった」

そう和彦が言うと、栄子もうなずいた。

「昼間、言われたときは、あまりぴんと来なかったのですが、風呂から上がりかけで、少し立ちくらみしたんです。私、そのとき、聞きました。あ、この曲だったって思ったんです。それから全身が総毛立つような、地の底に沈められるような感覚があって……。それで、風呂場の壁に、手をついたら血の気がもどってきて……音楽も聞こえなくなりました。

あの曲って……」

「何ですか？」

「私たちが、この時代に来たことと、何か関係があるんじゃないでしょうか。ふっと、そんな気がしたものですから」

もちろん、和彦にも真実はわからない。だが、二人とも同じメロディを幻聴として聞いたのなら、何か関係があるのかもしれないなと思うくらいだ。

部屋に戻ると、すでに夕食の準備が始まっていた。二人が卓に浴衣《ゆかた》姿で着くと仲居によって料理がならべられた。品数は、値段なりにあまり多くはないし、飾りつけるような派手さのある料理でもないが、素朴な、しかし、豪華な家庭料理という印象だった。

白身の薄造りの刺身があり、フグかと思ったら、これはカワハギですと仲居は教えてくれた。だが、新鮮で身もしまり、フグにも負けない味だ。思わず和彦は日本酒も所望してしまった。

「すべて、女将《おかみ》さんの手造り料理なんですよ」

と仲居は得意気に言った。それが、うちの旅館のウリなんですと言いたげだった。吸いものに魚の煮つけ、海老《えび》と白身の天ぷら、そして茶碗むしというシンプルなものだが、一品ずつの味付けが、仲居が言ったとおり、「おふくろの味」を醸しだしていた。

二人は満足して料理を堪能した。

「いい宿を選んだな」

和彦が言うと、栄子もうなずいた。

「なんだか、昔を思い出してしまいました。でも、飲み過ぎないで下さいね」

そうだ、そのことは忘れはしないと和彦は思う。

明日朝、八時二十分までには、あの場所へ行かなくてはならないのだ。

午後に二人して墓前で祈ったのだ。明朝、稔を事故から何とか救うために、御先祖たちも私たちに力を貸してくださいと。声に出してはいないが、二人とも同じように祈ったはずだった。

「私、明日、目が醒めて、これが夢だったらいやだなあって思ってたところなんです」

和彦に酒をつがれて栄子がしみじみと言った。栄子もほんのりと頬が桜色に染まっていた。

「目が醒めて、二〇〇六年だったら、がっかりしてしまいますわ。さっきのメロディ……

ひょっとしたら、私たちを二〇〇六年に押し戻そうとする合図のようなものじゃないかって……ふっと思ったんです。だって、私、普通、立ちくらみなんかしないんですよ」

表情をくもらせた。

「大丈夫ですよ。明日は、稔に……生きている稔に会える。そして、稔を救うことが、きっとできる」

和彦は、そう言いながら、自分に言いきかせている気がしてならなかった。もう、今夜は、このくらいにしておこう。

「もし、稔を助けることができたら……。二〇〇六年でも稔は生きているんですよね。そしたら、二〇〇六年の私たちは、どうなっているのかしら。いずれにしても門司へ行こうという考えは生まれなかったかもしれませんね。そしたら、稔は事故に遭うことになるのかしら」

逆説的なことを栄子は繰り返した。

食事が終り、床が敷かれると二人は、すぐに眠りにはいった。

11

「夢じゃなかった」

栄子が呟く声で和彦は目を醒ました。

外は、まだ暗い。枕元に置いた時計を見ると、六時三十五分をさしていた。

二人は、あわてて身支度をした。朝食は七時だと仲居に頼んである。洗面所で二人が顔を洗っていると、階段を昇ってきた若い男と少年が、二人に「おはようございます」と挨《あい》拶《さつ》してきた。よく似た顔の二人で、兄弟かなと和彦は思った。だが、様子を見ていると、そうではないらしい。

「もっと大きな声で、ちゃんと挨拶しなきゃダメだよ。サービス業なんだから」と少年が若い男に言っている。若い男は、「ごめん、ごめん」と頭を下げる。

栄子が、タオルで顔を拭《ふ》いて言った。

「今の、ハッピ着てた男の人、見憶《みおぼ》えない？」

「いや、どうして？」

「どこかで、会ったような気がするんです。つい最近みたいな気もするけれど」

和彦は思い出せなかった。

「誰か、他人の空似じゃないのかな？　ぼくには、わからなかった」

「そう」

それで、その話題は、打ちきられた。部屋に戻ると、すでに布団は片付けられていた。二人が部屋に入ったのを見はからったように仲居が「朝食の準備をさせて頂きます」と声をかけてきた。

朝食もシンプルだった。アサリの味噌汁《みそしる》とご飯、明太子とアジの干物、蒲鉾《かまぼこ》とお漬物《つけもの》、そして生卵だった。だが、和彦には十分すぎる。ふだんは、独り身のせいで朝食を抜くことも多いのだから。

「時間は、八時四十五分頃ですよね」

「そうですね」

答えて、和彦は腕時計を見る。七時二十分だ。十分に時間はある。

「稔に会える」

唄うように、栄子は言った。「稔を助けてやれる」

あの日、和彦は門司病院前の清滝バス停から勤務先へむかうために八時三十五分に自宅を出た。年末に会社から持ち帰っていた書類があったが、まだ仕事始めで必要ないと判断して、書類は家に置いておいた。栄子は、和彦が出た後、茶簞笥《ちゃだんす》の上に置かれたその書類封筒に気がついた。

まだ冬休みだった稔は、今ならバス停に父さんはいるはずだからと言って、栄子から封筒を受け取り、自宅から走った。

門司税務署の大通りへ出るところで稔は、左折しようとした大型トラックの後輪に巻きこまれた。

それが、八時四十五分だ。

あの朝、出勤するとき「この書類は今日は必要ない」そう一言告げておけば、何も問題なかった。和彦は、そう悔やむのだ。あの朝、家を出るまで、稔とは会っていない。まだ、自分の部屋にいたはずだ。

一人息子の事故には気がつかないまま、会社に着いてしまった。事故の連絡を貰ったのは一時間後だった。

稔の事故現場に、何度、花束を置いたことか。

「行きましょうか？」

栄子が立ち上がった。和彦は我にかえった。余裕をもって行動したい。和彦にも異存はなかった。

旅館『鈴谷』を出るときは、年老いてはいるが品のよい女将と世話をやいてくれた仲居の丁重な見送りを受けた。また門司を訪れるときは、この旅館を利用したいと心底思ったほどだった。

二人は、白い息を吐きながら坂道を下っていった。無言のまま。

桟橋通りのバス停を過ぎて国道三号線に出た。門司税務署横に出たのが、まだ、八時前だった。

「早目に着けたね」

和彦が言った。その交叉点《こうさてん》は三号線とYの字で交叉していた。三号線から入ってきたトラックはVの字にカーブを曲がったのだ。

二人は、門司にいる間中、献花を続けた。そして今、その場所にいた。

「どうすればいいかしら」

「何を」

栄子の言いたいことはわかっていた。どうやって事故に巻きこまれないようにすればいいかということだ。

「稔が来たら、二人で行って、稔に言うの？　危ないって。稔は、私たちを見て、どう思うかしら。パパとママってわかるかしら」

「わかるだろうが、驚くだろうな。老けてしまった両親を見て」

「そんな異様なできごとに遭遇したら、稔はどうかならないかしら」

「じゃあ、どうすればいい。他に方法は？」

「稔が来る前に、あなたがバスに乗るためにここを通るはずよね。そのときに、二人で会うの。二十年前のあなたに。そして、すぐに家に引き返すように説得するの」

「………」

和彦は考えた。その方が稔にショックを与えることもない。それができるだろうか。二十年前の自分の前に二十年後の自分が会いに来た記憶はない。ということは、二十年前の自分に会おうとしても、何か妨害にあって、会えないということはないのか？

和彦は、またこうも考える。

もし、会えたとして……二十年前の自分は突然に目の前に現われた二人の男女の話を信じるだろうか。栄子の二十年後の姿を見れば、納得するかもしれない。いや、他にも自分の話を信じさせる方法があるはずだ。自分自身しか知らないはずのことを告げる。たとえば……あの頃、受験に遅刻する夢をよくみていた。何故だかわからないが、悪夢といえば、その夢だった。大学を受けようと目を醒ますと、すでに試験時間の十分前だった。あわてて試験会場にかけつけるが、すでに入場できず、門の前で蒼白《そうはく》になったところで、そのすべてが夢であったことがわかる。本当に目が醒めるのだ。その夢については、誰にも話したことはない。

稔を喪《な》くした後は、その夢は見ない。代りにもっとつらい夢を見るようになった。だが、この時点で吹原和彦に、この夢の話をすれば信じてくれるはずだ。未来の和彦自身だということを。

「やってみよう。それが駄目だったら。方法は選ばない。力づくでも、稔を足留めさせよう」

どこからか、低いビート音が響いてくる。遠くでロックバンドが演奏しているような腹にこたえる響きだった。気のせいではない。

「ねぇ、聞こえません？　あの音が聞こえてくるわ。耳鳴りかしら」

栄子が言った。

「いや、ぼくにも聞こえる。これは……ロックの曲だ。曲名はわからないけれど」

「なんだか、身体が遠いところに引っ張られるような気がするんです。私たち二〇〇六年にまた戻されるんじゃないかしら。……なんか、立っていられなくて」

それは和彦も同じだった。自分の肉体が遠いところへ吸いこまれるような感じ。感じる。

「こらえるんだ。今から稔を救わなきゃならないんだから」

栄子と同時に自分自身にも言いきかせていた。音楽が聞こえはじめたと同時に、呪文《じゅもん》にかかったように体力が脱《ぬ》け落ちていくような感じがあるのだ。足が、自分の足でなくなったように重く感じられる。

腕時計を見た。八時半をまわっている。

「栄子」

和彦は足を踏んばり、栄子を支えた。栄子もつらそうに身体を揺らしていたのだ。

「なんですか？」

「もうすぐだ」

「がんばります。こらえます」

「栄子」

「はい」

「もし、稔を救えたら、二十年後、私たちは一緒に暮らしていると思うか？」

栄子は、笑った。

「もちろんです。そして……ごめんなさい。今もそう思っていたんです。この旅が終ったら一緒に暮らせるかなって……」

和彦には嬉しい答だった。しかし、二人はそのとき必死で身体を寄せ合うことしかできなかった。

若き吹原和彦は、姿を見せない。

四十分。そんなはずは……。自分は、この道を通って出社した。

四十五分をまわった。

吹原和彦も稔の姿もない。やって来ない。

突然、巨大なダンプカーが、猛スピードで三号線から進入してきた。Vの字にカーブを曲がり、後輪が大きく歩道に乗りあげた。このダンプに稔は殺されたのだ。しかし……。

稔の姿はない。そんなことって。

「どうしたんでしょう」

「わからない。家まで行ってみるか？」

何故、和彦も稔も現われなかったのか？　そこには、何か原因があるはずだ。栄子がうなずき、二人は、その時代の自宅を目指してよろよろと歩きはじめた。百メートルかそこらだ。「もう引っ張られそうです」栄子が言った。和彦も同じだった。だが、何故、稔が事故に遭うという過去が変化したのか。

ダンプは何事もなかったかのように黒煙をまき散らしながら遠ざかっていった。

日時がちがうのか？　絶対に忘れるはずはない。まちがいない。

清滝三丁目の自宅までは、すぐだ。しかし、二人は、すでに病人のように身の自由がきかない。ゆっくりと歩を進めた。

手に持っていた荷物も、路上に置いた。すさまじく負担になる。

「あれ！」栄子が荷物を指した。バッグ類が路上で、ぐにゃくにゃと歪《ゆが》み、次の瞬間、消失した。「バッグが消えた！」

「未来に引き戻されたんだ」

他に考えようがなかった。二人は身体を支えあって坂道を歩いた。清滝三丁目の吹原家まで、あと少し。何故、過去のできごとが変ったのか、原因を知らなくては……。

曲がり角を曲がった。そこで和彦と栄子は意外なものを見た。パトカーと黒い車が吹原家の前に駐《と》まっている。

「警察が来ている。何故だ」

栄子が辛そうな笑いを浮かべた。「思い出した。私、朝一番で、郵便局の学資保険の払いこみの準備してたの。それが消えていたら……。やはり警察を呼んでたと思うわ。盗難にあったと思って……」

若き日の和彦、栄子、そして小学生の稔が門のところに立ち、刑事らしい男に事情を説明している。

「稔がいる」

栄子が嬉しそうにもらした。

「そうか、私たちにも思いもよらぬ方法で、稔を助けたことになるのか。これで稔は事故に遭わないんだな？」

答はなかった。和彦が栄子を見ると、彼女は、涙を流しながら、うなずき続けているだけだった。

和彦は思った。人は意図して自分の運命を変えることはできないのかもしれない。しかし、人が過去に残した些細《ささい》な痕跡《こんせき》でも未来は大きく変ってしまう可能性がある。

「稔が……私を見てる」

栄子が、そう言った。和彦はあわてて稔を見た。和彦と稔の視線が合った。稔は心底、驚いた顔で、二人を見ていた。

栄子は我を忘れていた。思わず稔に手を振ったのだ。

もう限界を迎えたことを和彦も栄子も気付いていた。曲名も知らないロックの曲が、割れんばかりに鳴り響く。

「気づいてくれたわ。稔が」

栄子は、和彦の手を握りしめた。和彦も、栄子の手を握りかえした。

稔が信じられないものを見たという様子で、立ちつくしていた。両親に告げることも忘れたように。だが……稔は……生きている。

「よかった」

栄子の握る力が強くなった。

次の瞬間、和彦と栄子の姿は一九八六年の世界から消失した。

12

布川輝良は、それしか思いつかなかった。

ここが一九八六年なら、自分を産み落として死んだ母親が、まだ生きているにちがいないということを。

写真でしか知らない母親。自分を産んですぐ無責任に死んでしまった母親。父親が誰かもおかげでわからない。

一目会いたい。会って、文句の一つも言ってやりたい。何故、無責任に産んで、おれをみなし子にして、その結果ロクでもない生きかたをさせることになったか。

だが、それは表面的な理由である。本能的に会いたいと思う。どんな女性なのか？　やさしいのか？　きれいだったのか？

知りたい！

「誰が父親かわからない子を産み落とすくらいだから、ふしだらだったんだ」

そう口にしてもみたが、やはり会いたい。この時代、ここで母親と会えるのかと思うと、他に何も考えが浮かばない。

布川輝良は、十円玉を数十枚握って公衆電話ボックスに入ると、電話帳を繰って片っぱしから電話をかけ始めた。

母親の写真を数枚持っていた。どれも大事なものだ。すべてヨレヨレになっていた。そのうちの一枚が、保育園の写真だった。母が保育園の保母をしていたらしいことは、それでわかった。門司の保育園にちがいない。

「そちらに、布川って先生、いますか？」

いないと答が返ると、すぐに切る。その繰り返しだ。

五番目の保育園で、反応があった。

「布川先生、見えますか？」

「今、園庭の方ですが、お呼びしますか？　どちら様ですか？」

あわてて布川は電話を切った。胸がどきどきしていた。

いた。見つけた。

電話帳でもう一度、確認した。「みなと保育園」。住所も電話帳で知ることができた。

清滝一丁目。

それから、栄町銀天街を歩くと本屋を見つけた。そこで門司の地図を見た。

清滝一丁目は、そう離れていない。

顔を地図に近付けくいいるように見る布川は、本屋にとっては明らかに営業妨害だが、黒の皮コートに眉に剃りを入れた彼に文句を申し出る店員はいなかった。

「よし！　覚えた」

そう叫んで、地図をたたみ、本屋を後にした。そんな布川の後ろ姿を「何者だ！」という表情で本屋の店員たちが見送る。

通りを二つも過ぎたあたりで、布川は清滝一丁目がどのあたりになるのか、いささか怪しくなっていた。

あとはカンを頼りに探すしかないと心に決めた。俺は、獣のカンを持っているんだ！と。

「母を訪ねて三千里じゃ」

意味不明なことを呟きながら、坂道を歩いた。

「見ろ！　俺のカンは当たっていたぞ」

清滝の表示が見えたのだ。それから、布川は三十分ほどぐるぐるとあたりを回った。

丘の上の「みなと保育園」にやっとたどりついた布川は「探させやがって！」と叫んで門柱に飛び蹴りを食らわせていた。

鉄製の門扉は固く閉ざされていた。不審な外部侵入者から園児たちを守るためだ。

「畜生！　開かねぇ」そう毒づいてから言った。

「仕方ねえよな。最近は変質者や異常者が多いからな」

その筋の恰好《かっこう》をしている布川も、このまま保育園に入っていったら、警察に即通報されるだろうなとやっと気がついた。

門から、園庭の方へ回る。中には入れないから、金網に沿ってぐるりと回るわけだ。

園庭では、二十人ほどの幼児が駈けまわっていた。保母らしい若い女も数人いるが、金網の外の布川には気がつかないで背を向けていた。

四歳ほどの男の子が金網にしがみついた布川に気がついて、じっと見ていた。

布川は、手招きした。

「おいで。ぼく！　おいで」

幼児は、眉をひそめて近付いてくる。

「おい。布川先生っているか？」

布川は、そう尋ねた。作り笑いを浮かべ、優しい声音で。

「ばあか」

幼児は、布川にそう答えた。布川は引きつる頬を押さえ、もっと優しい声を出した。

「いい子だから、お兄さんに教えてくれよ」

「じじい。ばか、ばか、ばか、ばか、うーんこ」

それから幼児は、しゃがみこむと、砂をつかみ、布川に投げつけた。布川の目と口に砂が飛びこんだ。

布川はついにキレて、金網を揺すった。

「おどりゃー。クソ餓鬼《がき》が。舐《な》めると尻《しり》から手ぇ突っこんで、はらわたぐじゃぐじゃにしたるど」

布川が眼玉と歯茎を剝《む》き出して脅すと、幼児はすくみあがり、パンツの前をぐっしょりと濡らして遁走《とんそう》していった。

次の幼児がやってくる。さっきの幼児よりは、ませた顔付をしていた。そして言った。

「おじさん。痴漢だね」

「ちがう。そんなんじゃない。ちょっと聞きたいことがある。教えてくれ」

「先生は、知らない人と話したらいけないって言ってたぞー」

「そんなことはいい。教えてくれ。布川先生っているだろう」

「おっぱいがでっけー」

「そ……そうか」

「お尻もでっけー」

「そ、そうか」

「おなかもでっけー」

「……」

布川は、ややうんざりした。

「で、おまえ、布川先生、好きか？」

今度は、幼児は黙りこんでもじもじした。好きらしい。

「やさしいか。きれいな先生か？」

幼児はうなずいた。頬を染めた。ませた餓鬼だと布川は思う。突然幼児は言った。

「そうか。おじさん。布川先生につきまとってるね。いやらしい人だ」

「ちがう」あわてて布川は、否定した。

「痴漢だ。やっぱり痴漢だ」

幼児が騒ぎたてた。またしても布川が怒鳴りあげてやろうとしたときだった。

砂をかけた幼児を連れて保母が立っていた。まだ若い。

「あの……何か」そう金網越しに布川に言った。布川は言葉を失った。あまりにも突然だったからだ。

子供の頃から何度写真を眺めたことか。その本人が今、布川の目の前にいるのだ。思わず、「母さん」と叫びだしたくなる衝動を抑えた。だが、何を話していいのやら布川には、まったく思いつかなかった。

ただ、目の前の母……布川靖代を喰いいるように見るだけだった。

母のお腹《なか》に気がついた。さっきの幼児が言っていたとおり、ふくらんでいた。あの腹の中に自分がいるんだ……布川は、そう思っていた。

文句の一つも言ってやりたいと思っていた気持が偽りであったことがわかった。自分は今、一度も会ったことのない母親に会っているのだ。かすれた声で、やっと言った。

「あんたが……布川靖代先生か」

「そうです」きっぱりと母は答えた。この人はふしだらなんかじゃない。直感でわかる。こんなに素晴らしい人は他にいない。そう布川は思った。

「私に……御用だったのですか？」

母は、布川にそう尋ねた。布川を疑っているという話しかたではなかった。何か本能的に不思議なできごとに出会っている。それが何なのかを必死に理解しようとしている。そんなふうに見えた。

母さんと呼んでよければ、言いたいことは溢れて止まらなくなると布川は思った。だがそれをどう話せば信じてもらえるというのか。頭がおかしいと思われるのがオチだ。しばらく、布川と母親は黙ってみつめあっていた。布川は、母さんと喉まで出かかっている。

「ねえー。布川先生」

手をつないでいた幼児が、そう言った。

それが契機だと布川は思った。

「……邪魔しました」

布川は、そう言うなり母親に背を向け、全速力で駆け出した。

振り向かず、必死で走った。止まれば、涙を通行人に見られてしまう。布川はひたすら走り続けるしかなかった。

13

鈴谷比呂志は、自転車を漕いでいた。旅館『鈴谷』に置かれていた古い自転車だ。誰も最近は使っていた様子もなく、車輪もハンドルも錆《さび》が浮き出ている。タイヤは少々空気が抜けているくらいだったから、乗れないほどではない。

自転車を漕ぎながら、鈴谷の脳内では、はっきりと〝ヒロ〟であった時代の記憶が蘇っていた。青木和美に再会したことで、もやもやしていたものが、一度に凝縮して形になって再現されている。

あの頃、ひとりぼっちだった。何にもすがるものさえなかった。その思いが先《ま》ずこみあげて来た。

ヒロだった時代、自分を旅館『鈴谷』に預けた母親が去った後、どこにも心安らぐ場所がなくなってしまった気がした。

転校の事情からして、新しい小学校では外交的になれなかった。東京からの転校生ということで、最初は珍しさから級友たちの注目をあびたが、それが癪《しゃく》にさわる者も数名いた。その連中がヒロに挑戦してきた。ヒロは加えて運動神経は鈍いほうだったのだ。

庄司小学校は、坂の上にあった。

斜面に建てられた小学校で、その裏手も、斜面だった。それで雨が降ると裏手の高台から滝のように雨水が流れ「庄司の滝」と呼ばれるほどだった。その裏手の斜面を利用して子供向けのフィールドアスレチック場が設けられていた。「庄司ぼうけんの森」と名付けられ、いくつものコースが網の目状に作られていた。

ヒロは、そこで勝負を挑まれた。立着板の地図で目標地点を示され、そこまでどちらが早くたどりつけるかというものだ。

負けた方は一カ月、便所当番を一人でやる。取り囲まれて、勝負をうけざるをえなかった。

結果は、当然のものだった。ヒロは息切れし、斜面を十数メートル駈けただけで足を止めた。

その話は、すぐにクラス中に伝わり、ヒロは一人の友だちも作ることができなくなる。クラスの中でも一人ぼっち。

旅館『鈴谷』で時間をつぶすのは、マンガを読むことと、父から教えてもらった将棋をひとりでやることだった。

そして和美姉ちゃんが現われて……。

和美姉ちゃんの正体を、どうやって知ったものかと、ハル九〇〇〇に遠回しに何度も尋ねた気がする。

「何で、和美さんのことを、そんなに訊きたがるの？」

「ふふーん。和美さんのことホの字なんだ」

そんなハル九〇〇〇の冷やかしを受けながらも、少しずつ情報を溜めこんでいった。

青木和美は、近所にあるそば処『たもつ』の一人娘だということを知った。父親の青木保はひとり身で、親一人子一人で暮らしている。そば処『たもつ』も古い蕎麦屋《そばや》で、明治の頃の創業らしい。代々、継いだ息子が保の名を襲名するらしく、長男は他所《よそ》に勤めに出て、次男が継いで保を名乗ったらしい。

ハル九〇〇〇は言った。「保さんは、子供の頃から、うちの女将さんに憧れてたらしいよ。でも、女将さんが婿《むこ》養子をとっちゃって、それでも女将さんの近くにいたくってそば処『たもつ』を継いだって話だよ。どんな奥さんだったかは、私も知らないんだけれどね。でも和美さんの母親なら、相当の美人の奥さんだったと思うけどねぇ。

女将さんも、お婿さんなくして再婚せずに、ヒロの父さん育てたらしいけど、保さんも義理だてかなんかしらないけど、ずっとひとり身でねぇ。まぁ、保さんより女将さんが十歳上だからねぇ」

十歳上だから、結婚できなかったというのだろうか。それは、ヒロにとってショックな言葉だった。そのときのヒロの十歳以上年上が〝和美姉ちゃん〟なのだから。

それが、何でいけないの！　とハルには言ってやりたかったのを鈴谷は覚えている。

それでも、そば処『たもつ』と旅館『鈴谷』は家族同然のつきあいを続けている。

大好きだった和美姉ちゃんをヒロは、永遠に存在するものと、当然のように思っていたはずだ。何故、和美が東京の一流の音楽大学を出て半年で門司に戻ってきたのかという理由など考えもしなかった。プロ以上の腕前と皆が言っていたのに。

注意して見ていれば、和美の変化に気がついていたはずなのだ。

二、三日和美姉ちゃんが姿を見せてくれず不安で将棋盤を持って部屋を訪ねたとき、蒼《あお》ざめた顔でヒロに言った。

「ごめん」

久々にヴァイオリンを教えてもらったとき。和美姉ちゃんの弓を持った右手が急にぶるぶると震え出したとき。あのときの和美姉ちゃんが絞り出すように叫んだ。

「弾けない！」

それは、すべての兆候だったのだ。

何故、自分が、一九八六年という時代に、よりによって飛ばされてきたのか……。意味があるような気がしてならない。もし、意味があるとすれば、それは青木和美に関わることのような気がする。

鈴谷にとって、あくまでその時点では、ひょっとしたらという思いでしかない。

自転車が、砂浜に着いた。

「ノーフォーク広場建設予定地」の立看板に気がついた。一九八六年の秋には、そこは公園になる予定の場所だったらしい。

やがて、その場所は、舗装のカラーブロックが敷かれ、照明灯がとりつけられて、和布刈神社や観潮テラスへつながる遊歩道になるのだ。姉妹都市であるアメリカ、バージニア州ノーフォーク市のイメージを模して作られるため、ノーフォーク広場の名称が与えられることになる。

海を注視すると、大小の渦や早鞆瀬戸《はやとものせと》の潮流も楽しむことができるのだが、鈴谷には、そんなものに注意を向ける余裕はなかった。砂に足を埋らせながら、ひたすら赤い杭を目指した。

鈴谷が知る唯一の二十一世紀の人間、布川輝良と連絡をとるためだ。

ひょっとして、布川は、二〇〇六年へ帰還できる方法を見つけてはいないだろうか。あるいは、何故、一九八六年の世界へ飛ばされてきたのか、その理由がわかったのではないのか。

それは、知りたかった。

そして、自分の消息も伝えておきたい。この時代でとりあえず寝泊りする場所を確保したことを。

旅館『鈴谷』で住みこみをして手伝いをやっていることなぞは、書かないでおこう。突然、布川があの恰好で旅館『鈴谷』を訪ねてきたら、ばあちゃんもハルさんも腰を抜かしてしまうにちがいないし、信用もガタ落ちしてしまいかねないから。鈴谷は、そう考えていた。

砂を掘る。

空き瓶が出てきた。中に紙が二枚細く折り畳んで入っていた。

あわてて紙を出そうとするが、突っかえてうまく出てこない。

やっと一枚出てきた。紙を開く。

「バーカ。

何もねえよ。

何もなくても連格くらいしろよな。

砂山の砂を掘ってたら錆びたナイフが出てきたぜ。

裕次郎の唄だ。思いだしちまったよ。

それでは失礼します。敬具
一月五日　夕方　布川輝良」

昨日残した手紙のようだ。案外、ああ見えても布川という若者は、根は律気なのかもしれないと鈴谷は思ってしまった。連絡の〝絡〟の字が格になっているのには、笑ってしまったが。

次の一通。

「恋なやつを一人見つけたぜ。

どうも、そいつ。ボクに見おぼえあったらしい。

ボクに224便いっしょだったっしょって話しかけてきた。

恋なやつだぜ。

言ってること、よくわからねえ。

ボク、門司港駅の待合室に寝ました。だいたい、そこにいます。

おたより下さい。

それでは失礼します。敬具

一月六日　午後一時　布川輝良」

恋なやつというのは、変なやつのことだろうか。他にも、224便の乗客で、一九八六年に飛んできた奴がいたということだろうか。

門司港駅なら自転車を走らせれば十分ほどで着くはずだ。

鈴谷は、あわてて瓶を埋め直すと、自転車に戻った。

14

門司港駅に着くと、待合室へむかった。古い駅舎で天井も高い。木のベンチには、布川らしい姿は見えなかった。

仕方なく、鈴谷は壁際のベンチに腰をおろした。しばらく待てば布川が現われるかもしれないと。

待合室の壁に貼られたポスターをぼんやりと眺めた。

〈東日本交響楽団コンサート〉

会場は北九州市立門司市民会館とあった。

和美姉ちゃんが元気だったら、こんな交響楽団で、ばりばりヴァイオリンを演奏していたんだろうか？

鈴谷は、ふとそんなことを考えていた。

門司市民会館って老松公園内にあったよな。場所も近いし、和美姉ちゃん、観に行くのかなぁ。

「よっ」

横で声がした。布川輝良が立っていた。

「あ、どうも」

「鈴谷さん……だったかな」

「ええ、今、手紙読んで、急いで来たんですが、布川さんの姿が見えなくて」

「ああ、今、ここのトイレに行っていた。ここのトイレすげえ。一九八六年どころじゃない。大正時代だよ。大正。手洗うとこが、青銅製になってるんだ。幸運の手水鉢《ちょうず》だってさ。俺、思わず手水鉢を拝んじまったよ」

「は、そうなんですか」

「手紙くれないから、どうしてるかって思ったよ。どうしてたんだ」

「あ、すみません。あれから……子供時代の自分と会ってですね。ばあちゃんに会ってですね。……それくらいで」

「俺は、死んだおふくろに会っちまった。おふくろに会うの生まれて初めてでね。ちょっとアガっちまった。

笑っちゃうよな。そのとき、おふくろ、腹でっかくてさ。その腹ん中にいるのが、どうも俺みたいなんだよな」

「あ、そりゃよかったですね」

「何がよかったってんだよ」

そこで会話が途絶えた。鈴谷は、しばらくの沈黙のあと、おずおずと言った。

「あのー、飛行機が一緒だった人が他にもいたって手紙に書いてあったんですが、本当ですか？」

「おー、そうだった」布川は額を掌《てのひら》でパシンと叩いて、ベンチの隅を指した。

他に誰も座っていないと思っていたが、実はそこに男が一人座っていることに気がついた。それほど存在感の薄い男だ。三十代で、ベージュのコートを着た痩せた男だ。

ひょっとして、荷物検査場でてまどっていた男だったろうかと、鈴谷は思う。

布川がその男の方に歩きはじめたので、鈴谷もついていった。

影の薄い男が立ち上がった。

「おー、これが話してた鈴谷さん。デパートに勤めてるんだって」

布川が紹介した。鈴谷は頭を下げる。

「臼井《うすい》光男《みつお》といいます」

男も名前を名乗り、ひょこっと頭を下げた。

「こいつが、俺に224便に乗ってたでしょうと声をかけてきたんだ」

布川のスタイルは、一度見たら誰も忘れないはずだ。

「あ、思い出しました。ロビーで私、ぶつかりましたよね」

すぐには鈴谷は思い出せなかった。そう言われればそうかもしれない。

「これで、三人か……」

鈴谷が言った。

「いえ、もう一人いました」

臼井光男が言った。

鈴谷と布川が顔を見合わせた。

「あの……私も、門司に着く迄の記憶が欠落しているんです。気がついたら、バスに乗ってたんです。外は白くて濃い霧がかかってて。そこからしかわからないんです。そしたら、その人が座ってたんです。私の横の席に。憶えてませんか？　目の不自由なおばあさんが、最初に機内に案内されたのを」

鈴谷は思い出した。一般の搭乗案内の前に車椅子に乗って機内に案内されていた老婦人のことを。

「ええ、憶えています」
「あのおばあさんです」
二人は、ベンチに腰をおろして、臼井の話に耳を傾けた。臼井は訥々《とつとつ》と話しはじめた。
「私、おばあさんに話しかけたんですよ。224便に乗っておられましたよねって。
やはり、そうでした。
そのおばあさん、角田朋恵《つのだともえ》さんって言うんですけど、彼女も気がついたらバスに乗って
て、揺られていたんだそうです。
どこへ行きたいんですかって話になりました。彼女、目が不自由じゃないですか。おま
けに一人旅してるし、こりゃ、大変だろうなって。目的地まで連れていってあげないとな、
そう思ったんです。
小倉の山の方の施設の名前を言われました。そこ、何かの施設ですかって尋ねると、盲《もう》
導犬《どうけん》の養老院なんですよ。私も初めて知ったけどそんな施設があるそうなんです。そこに
行きたいって。
ちょうど二十年前……つまり一九八六年ですか。朋恵さんは門司に住んでいたそうなん
です。で、永年連れそった盲導犬……アンバーというそうですが、自分が入院しなければ

ならなくなって、年老いたアンバーのためにもなると思ってその施設に預けたんだそうです。ところが朋恵さんの入院が予想外に長引いてしまって……。その間にアンバーは死んじゃってた。

朋恵さんは退院後、すぐに息子夫婦に引き取られて東京へ越してしまったそうなんですが、どうしてもアンバーの墓参りがしたくなったって。

その盲導犬の養老院のすぐ近くにペット霊園があるそうで、そこに行きたいって。

それで、私は事情を話しました。

この世界は一九八六年なんです。じゃあ、まだアンバーは生きてますよって。

そしたら、朋恵さん、顔を輝かせて大喜びしたんです。

これまで、目こそ見えなかったけど、優しい家族に囲まれて、何一つ不自由ない人生を送ってきた。これで不満を言ったらバチがあたるくらいだって。でも、一つだけ、どうしても心残りなことがあった。それはアンバーの最期を看取《みと》ってやれなかったことだ。あれほど心の支えになって私と過ごしてくれたのに。でも、今ならアンバーに会えるんですねって。

私も、乗りかかった船と思い、朋恵さんに付き添ってあげることにしました。バスを乗りついで、小倉南区の辻三《つじみつ》にあるというアンバーの犬の養老院を目指しました。

バスを降りたのですが、けっこう田舎《いなか》なんです。そこ。途方に暮れていたら、軽トラのおじいさんが通りかかって、ああ、そりゃ三岳梅林の方だから乗せてってやるって言ってくれて、助かりました。

そこ山の中で、割と小さな施設でした。民家を改造したような感じかな。私が荷台から飛び降りてドアを開いてあげると、朋恵さんは待ちきれないように降りてきて、私に言ったんです。

『アンバーがいる。アンバーの匂《にお》いがする』

私にはわからなかった。それから、見えないはずなのに犬舎の方にまっすぐ歩き始めました。そして、よくそんな大きな声が出せるなってほどの声で叫ぶんです。

『アンバー、アンバー』って。

すると、驚きました。奇蹟だと思いました。犬舎から、聞こえてきたんです。犬の哭《な》き声が。せつなそうに。ウォーン、ウォーンって。

『生きてる。アンバーがまだ生きてる』

朋恵さんが、はっきりそう断言しました。

犬の哭き声が突然止まりました。

でも、驚きました。犬舎のドアが開いて、一匹の中型犬が、足をよろつかせながら現われたんです。そして激しく尻尾をふってみせ、嬉しそうに口を開き、舌を出しました。

その犬がアンバーであることがわかりました。

『アンバー！』

朋恵さんが呼びかけると、アンバーは甘えるような唸り声を出しました。

私は、朋恵さんに、アンバーの様子を話してやることにしました。

『朋恵さん！　アンバー、尻尾をふってます。とても嬉しそうです』

朋恵さんは立ち止まり何度もうなずいて、両手を開きました。

『アンバー、こっちよ。わかる？　私よ。アンバー』

アンバーは確かに、身体の調子が悪そうでした。そして、かつての飼主は二十年分老いているんです。アンバーは、わかってくれるだろうかと、私は少しはらはらしました。

でも大丈夫でした。大好きな飼主のことは二十年の歳月で見分けがつかなくなるなんてことなかったんです。アンバーは必死で、朋恵さんのところへよろよろと歩いて、力を振りしぼってじゃれつきました。

『朋恵さん。アンバー、思いっきり尻尾ふって喜んでます』

もう私の言葉はあまり意味がなかったと思います。朋恵さんは、しゃがみこむと、しっかりアンバーを抱きしめたんです。

私も、思わずもらい泣きしてしまいました。よかったぁ。朋恵さんをここまで連れてきてあげてよかったぁって。

施設の人たちも、そのときあわてて飛び出してきたんですが、朋恵さんとアンバー君の様子を見て、仰天してましたね。

朋恵さんは、アンバーを抱きしめたまま、私に言いました。

『ほんとうにありがとうございました。おかげでアンバーに会えました。ずっと悔いていたのに。二度と会えないはずだったのに。

もう一度アンバーに会えた。もう思い残すことはありません。本当に私の人生は幸せだった』って。

そして……。

朋恵さん、消えちゃったんです。ぐにゃぐにゃって歪んだように見えて、そのままスーッと」

臼井は、いっきに話し終えると、布川と鈴谷にうなずいてみせた。

15

布川と鈴谷は、顔を見合わせた。

「消えた……。消えたって、そのばあさん、何処《どこ》へ行っちまったんだ」

布川が言うと、鈴谷は、首を横に振った。

「元の時代に帰れたっていうことでしょうか」

「わかんねえ」

臼井は、黙っていた。

「あのー、一ついいでしょうか？」

鈴谷が臼井に言った。

「どうぞ」

「一つ気になるというか、納得ができないことがあるんですが……」

「何でしょうか？」

「臼井さんは、バスの中で角田朋恵さんに会ったと言った。そして、その前の記憶が欠落してしまっている。なのに、何故、おばあさんに、ここが、一九八六年であると教えることができたんですか？　私たちはバスを降りて、様々な街の変化でやっとここが二十一世紀ではないとわかったくらいなのに」

布川は、あっ……という表情になった。

「そ、そうだ。臼井さんは、何故、知ってたんだよ」

臼井は困ったように黙りこんだ。

「何か知ってるだろ！　俺たちに話してないことが他にあるだろう」

布川が、臼井の衿元を摑むと、臼井は、観念したように言った。

「わかりました。手を離してください。私も機内の記憶が欠けているんです。でも、ここが一九八六年だということは直感でわかっていた。確かに、まだ話していないことがあります。どうも、私、クロノス・ジョウンターを使ってしまったようなんです」

「何だよ。その口がまわらなくなるようなの。何かの機械か？」

「実は私、九州理科大学の方で数学基礎論をやってまして、私、クロノス解析が専門なんです。その関係で、ある企業の製品開発の顧問みたいなことをやってるんです」

布川と鈴谷は、こりゃ駄目だというふうに口をへの字に曲げた。それにかまわずに、臼井は続ける。

「で、クロノス解析を発展させて、その数式を基礎にして作られた装置が、クロノス・ジョウンターなんです。ところが、うまく作動しなくて、どこか数式で誤りがあったのではないかと、私、東京に呼ばれたんです。設計段階のものからチェックしたんですが、数式的には誤りがなかった。一応、装置を研究室に持ち返って、プログラムのチェックをやる予定でいました」

鈴谷は思い出した。

「あ、荷物検査場でひっかかったあれですね。子供の携帯ゲームみたいな」

「そう見えるんですか。ひどいな……でも、そう見えても仕方ありませんね」臼井が言った。

「そのクロノス……ってのを動かしたのか？　クロノスって……過去へ人間を飛ばすのか？」

「そうです」

「何てものを作ってたんだ。しかし、そのときの……クロノスを動かすときの記憶がなくて、よくクロノスを動かしたってわかるな」

布川は、まだ完全に理解してはいないようだった。

「それにしても、あんなおもちゃみたいなものが、そんな〝力〟を持っているとは信じられない……」

そう鈴谷が首をひねった。

「私、クロノス・ジョウンターの作動音に、ブリティッシュ・ロックの名曲『胸いっぱいの愛を』を打ちこんだんです。私の一番好きな曲で。レッドツェッペリンの……。朋恵さんが消えるとき、その曲が鳴ってたんです。どこか……地の底から聞こえるような響きで。

それで確信したんです。あ、私、クロノス・ジョウンターを作動させたんだなって」

「どうして二〇〇四年でも、一九九九年でもなく、一九八六年なんだよ」

「よく、それはわからないんですが、私の潜在意識に関係あるような気がします。無意識に私、一九八六年を望んだ気がします。何故かわかりません。だから、直感で、ここは一九八六年だと思って朋恵さんに教えたのだと思います」

「じゃあ、あんたのせいで俺たちも一九八六年へ道連れで連れてこられたのか？　いい迷惑じゃないか」

布川は口を尖らせた。

「いや、それはちがいます。私が道連れにしたのなら、２２４便乗客全員……多分百名近くが、この世界に来ていたはずです。

私がクロノス・ジョウンターを操作したときに一九八六年に、二十年前に固執していた人たちだけが、感応したと思うんです。その人たちだけが、私と共に一九八六年にやってきた。

角田朋恵さんは、二十年前に愛犬アンバーと別れたことが心残りになっていた。鈴谷さんは、二十年前の心残りってなかったのですか？」

そう言われてみれば……。鈴谷は思う。和美姉ちゃんのこと。それほど心の底で引っ掛かっているのか……。そうかもしれないと。

「俺は……俺はどうなんだ」布川は、胸を叩いた。「二十年前は、俺はまだ生まれていないんだぜ。思い出も何もないんだ。何故一九八六年に来なきゃならないんだ」

「それは……」

臼井は、へどもどして答えられない。

鈴谷が言った。

「私の場合、アタリです。言われてみると、二十年前……子供時代に忘れられないできごとを体験しています。きっと、私が来た理由というのは、それだと思います。

布川さんは、確かにまだ生まれていなかったかもしれない。でも、さっきあんなに嬉しそうに、生まれて一度も会ったことのないお母さんに会えたって話していたじゃありませんか。それが、この時代に来た理由だったのではありませんか？」

そう言われて布川は押し黙った。しばらく考えた後に言った。

「じゃ、何故、角田ってバアさんは、二〇〇六年に還っちまったんだ。俺たちは、ここにまだ居るというのに。エエ、答えてくれよ、算数の先生よ」

「よくわかりません。でも、角田朋恵さんは思いをとげたときに、消えてしまった。ということは、皆さんも、この時代で思い残していること、願ったことがかなったら……決着ついたら向こうに引き戻されてしまう。そんな気がしてます。ひょっとして決着できなくても、諦めがついても……引き戻されるんでしょうか。いや、よくわかりませんけど。いずれにしても、その人の心の持ちかたに関係するのかなあって。とにかく例の装置は、試作品なんです。装置の現実面では、まだ予測のつかない要因もいっぱいあるらしくって」

臼井の話も、要領を得たものではなかった。

「じゃ、俺、おふくろに会うことができた。だが、まだ未来に還れない。まだ、決着ついてないってことなのか？」

「そりゃ、わかりません。一人ずつの心の問題だと思いますから。布川さん、自分自身に聞いてみたらどうなんです」

予想外に強い口調で臼井に言われて、布川は押し黙った。

今度は、鈴谷が質問した。

「あの、その『胸いっぱいの愛を』って曲。何度か、こちらに来て耳鳴りみたいに響くんですよ。それ、元の世界へ引き戻そうとしていることなんですかね？」

「その可能性はありますね。でも角田朋恵さんが引き戻されるときは、割れ鐘みたいに鳴っていた」

「そこまでは、今のとこないみたいなんですけど」

布川が頭を振った。

「何のために、そんな装置を作ろうと思ったんだ。何の役に立てるつもりだったんだ」

それは、鈴谷も同時に思った疑問だった。そのような装置が、何故必要なのか。

しばらく臼井は宙空を見ていた。

「何とも言いようがないのですが、人間って、まだ知らなかった技術を発見すると、後先考えずに、とりあえず現実化させてみようって本能があるんじゃないかって思うんです。だから、私のクロノス解析も画期的な発想だったから、皆が飛びついたと思うんです。それをどう使うかって二の次の問題で。

ノーベルのダイナマイトだってそうでしょう。彼には、人を殺傷する方向の発想はなかった。人間は、技術を持つことは憧れるけれど、その技術が暴走することまでは、あまり考えないものです。フランケンシュタイン博士だってそうだったようだし」

臼井の話は鈴谷にも布川にも、やはり学者の話す空論のようにしか聞こえない。

「だけど、臼井さんよ。あんた、よりによって何故、そのクロノス何とかを飛行機の中で使ったんだよ。俺たち、巻き添えくってるんだぜ。使うなら、自分の研究室で、人様に迷惑かけないように使ゃ良かったんだ。何故だよ」

「申し訳ありません。いたずらで使ったってわけじゃない。何か理由が……やむにやまれぬ理由があったと思うのですが、生憎《あいにく》、私もそのところ、記憶がないので」

布川は、うぐぐっと唸るような声を出した。拳《こぶし》を握りしめたから臼井をぶん殴ろうかと思ったらしいが、そこまでは行動に出なかった。

それまで腕組みしてうなずいていた鈴谷が手をあげた。

「ちょっと、聞きたいんですが？」

「はい、どうぞ」

臼井は教授の口調で鈴谷を指でさした。

「この時代に戻って、いろんなできごとを追体験していて、子供のころの自分と会ったりとかあるのですが、私の子供の頃の記憶をたどっても、そんな大人になった私に会ったおぼえがないんです。ということは、私が過ごした過去とは、ここは別ものなんでしょうか。

それともう一つ。この時代で何かをやれば、未来は変るんですか？　たとえば、手術を受けずに死んでしまった人に、手術を受けさせれば助かるとか」

それは、鈴谷の単純だが、重大な疑問だった。

「時間の性質が、どうかという質問かと思います。過去の自分に会えて、しかも、自分の記憶の中にそんなできごとがなかったとすれば、時間は可変性のものであると考えられます。つまり、ここであなたたちが取る行動は未来を変化させる可能性があるということになります。どんな小さなことでも、その影響が波及すれば、未来は大きく変化することもありえます」

「たとえば……どんなふうに変るんです？」

「カオス理論です。たとえば、ここで鈴谷さんが三度の食事をとる。その食糧は、本来、飢餓に苦しむ国に送られるものだったかもしれない。その食糧を食べるはずだった幼児の命を救えないかもしれない。その幼児は成長して国の指導者になるはずだが、それは実現せず他のとんでもない独裁者を生み、世界中の国に影響を与える。ひょっとしたら世界大戦の引き金になる。大きく歴史が変ります」

「でも、いい方向に変る可能性もあるんですよね」

「そうですね。でも、それは誰にもわからない」

「くだらねぇ」

布川が、待合室の壁をどんと叩いた。

「やはり、屁《へ》のつっかいにもならねぇ話だった。俺は行くぜ。やることあっからよ」

二人を残して、布川はさっさと外へ出て行ってしまった。

臼井はさびしそうに肩をすくめてみせた。

「私も……行きます」

鈴谷は、この生活力のなさそうな数学教授が、見知らぬ世界に放りこまれてどんな生活をすることになるのか、人ごとながら心配になった。

「待って下さい。臼井さん。どこでどうやって寝泊りしてるんですか？　こちらじゃ持っておられたお金は使えないでしょう」

臼井は泣き笑いの表情を浮かべた。

「携帯電話を売りました。五万円で売れたんで……質屋が珍しがってくれたんです。安宿を探せば、何日間か、過ごせると思います」

「携帯電話って……。こちらじゃ使えないでしょう」

「売るときは電話とは言ってません。最新式のカメラと言ってあります。実演してみせたらびっくりしてましたよ。鈴谷さんのケータイにもカメラ付いてますよね」

鈴谷はなるほどと思った。その智恵をもってすれば、臼井もなんとかこの時代で生きていけるのかと思ってしまった。

16

鈴谷は、ヒロの部屋で横になって、臼井の言葉を思い出していた。

「時間は可変性のものであると考えられます」

難しい表現だが、つまりこういうことだろう。定められた運命というものはない。その気になれば、歴史さえも変えうる。

横を見ると、裸電球の真下でヒロが背中を向け、マンガ本を読んでいた。ときおり、プッと笑ったり「んなこと、ネェヨー」とひとり言で突っこみを入れたりしている。

こうやって、成長して、東京に出て、こいつ、デパートに就職して駅弁フェアで走りまわることになるのか……と思う。今のうち、もっとしっかりしとかなきゃ、このままだと、まんまの鈴谷になってしまう。

鈴谷は、むっくり起きあがった。

「ヒロ、ちょっと机を貸してくれ」

「あ、いいよ」

広告紙の裏の白地の部分に、鈴谷は鉛筆を舐め舐め書き始めた。

「俺の人生を改造してやる。時間は可変性があるんだ」

そう、ぶつぶつ呟きながら鈴谷が書いていると、ヒロも気になるのかマンガを読むのをやめて、話しかけてきた。

「何、書いてるの？」

「いいことだ」

マンガを置いてのぞきこもうとするヒロから肩で紙を隠した。

「ケチ」

「ケチでいいの。できあがったら見せてやる」

しばらく沈黙の時間が続いた。部屋で聞こえるのはヒロのトランジスタラジオから割れた音で流れるクラシックの曲だけだ。静かなメロディだ。エリック・サティの曲だろう。

曲が終ると門司市民会館で開催される東日本交響楽団のコンサートの案内をアナウンサーが告げた。

「よしできた」

鈴谷が叫ぶと、何だ、何だ、何だと、ヒロが立ち上がって紙を見ようとする。その紙を、鈴谷は自分の背中に隠した。

「何だよ。できあがったら見せると約束したろ」とヒロは口を尖らせる。

「おお。だがな、馬を水場に連れて行くのは簡単だが、水を飲ませるのが難しいって、知ってるか？」

「知らねえよ。そんな話。関係ないだろ」

「関係ある！

よし、ここで提案だ。勝負をしよう。将棋の勝負だ。もし、ヒロが勝ったら、俺の一週間の給料をヒロにやる！」

「やるよ！」ヒロは目を輝かせた。

「だが、もし、俺が勝ったら、ここに書いたことをヒロは守れ。悪い話じゃない。勝っても負けてもヒロは得することになる」

「給料一週間分だろ！　やるよ。やる」

「勝った場合だぞ。負けたら、必ずこの紙に書いたことを実行するんだぞ」

「……その紙、どんなこと書いてあるんだよ。逆立ちして、町内を一周しろとか……そんなの無理だぞ。できないからな」

「そんなことは書いてない。ちょっとしたことを守るだけで、あとでヒロの未来は、素晴らしいものに変る」

ヒロは薄く目を開き、鈴谷を胡散《うさん》臭そうに見た。こいつ、何か下心があるんだなという眼だった。

「いいよ。要するに、ぼくが将棋に勝てば、給料一週間分、貰えるんだろう。勝てばいいんだ。あと、関係ないもんね」

鈴谷は我ながら本当に嫌味なガキだと舌打ちしたくなる。

「じゃ、やろやろ」

二人はロビーから部屋に将棋盤を運びこみ早速、勝負を開始した。ヒロが先手だった。

鈴谷は思う。小学生時代の自分は、先ず、必ず、角の右斜めの歩からスタートさせていたと。

その通りだった。

あれからも、鈴谷は好きな将棋は本を読んで続けていた。ヒロの手の筋もすべてわかっていた。赤子の手をひねるようなものだった。

ヒロは予想外の手で攻められて、頭の中はパニックのはずだ。

それでも、時折ヒロは自分でも予想していなかった手で返してきて驚かされた。そんなときは、鈴谷も少々考えこんでしまった。

鈴谷が、鼻を親指と人差し指ではさみ、ぱちんと鳴らす。すると同時に正面でもその音が鳴る。ヒロが鳴らしたのだ。

二人は、顔を見合わせた。

自然と癖がでてしまったのだ。考えこんだときの癖だ。鈴谷は何となく照れくさい思いだ。

それから鈴谷は一気に勝負にかかった。

「ああっ」

ヒロが呻《うめ》くように言った。「待って」

「待ったなしだ」

鈴谷は、できるだけ冷酷に聞こえるようにそう言った。それから数手。

「ちきしょー」

「いひひひひ」

「どうだっ」

「王手」

「ぐえっ。……これで」

「再び王手」

「あ………」

ヒロは呆然とあんぐり口を開いたままだ。これまで、ヒロは自分より強い相手にあまり出会ったことはないはずだ。和美姉ちゃんを相手にして、自分の腕にほくそ笑んでいるくらいだった。完膚なきまでにやられて、鼻をへし折られた状態だ。

「ヒロの負け。俺の勝ち」

「………」

「よし、男と男の約束だな」

「ひ、卑怯者《ひきょうもの》……」そう言って、手に持った駒をヒロは投げつけようとしたが、その動きを止め、盤の上に置いた。

虚《むな》しい行為だと自分でもわかったらしい。

「何をやりゃいいの」

がっくりと肩を落とすヒロに、鈴谷は書きこみした紙を手渡した。

「人生改造十カ条……何なのこれ」

「ああ、これを守れば、必ず、おまえの人生が素晴らしいものになる。難しいことは一つもない。ここに書いてあることを守っていくだけでいい。すべて今日からできることばかりだ。

声に出して読んでみろ」

ぷっと頬を膨らませ口を尖らせたが、仕方なく、読みはじめた。

「ヒロの人生改造十カ条。一つ、朝晩、必ず歯を磨くこと……」

何だこれは……。ヒロはそんな眼で、鈴谷を見た。じつは、今の鈴谷は、虫歯だらけなのだ。あわてて解説をいれた。

「ヒロは、見ていると、朝も夜もまったく歯を磨いていないよな。今は虫歯が一本もないからと安心しているかもしれないが、あとでツケが一度にまわってくるんだ。もう、全部ぼろぼろになっちまって、痛くてつらい思いをすることになる。そうなってからでは遅いんだ。

いいか、守れよ」

ヒロは、辟易《へきえき》した表情でうなずき、再び読み始めた。

「一つ。返事は大きな声でやる。そして、笑顔で返事しよう」

「わかったな。今のヒロは気にさわったとき返事ができていない。あとで損するぞ。いやな奴にこそ、笑顔を向ける」

「おかしくもないのに笑顔なんて出ないよ」

「馬鹿ァ」鈴谷は言った。「笑顔ってのはな。練習すれば出るようになるんだ。作り笑いってあるだろう。心は泣いていても出せるんだ。鏡を見て練習するんだ。両方の目をちょいと細めてだなあ。口許《くちもと》を、こう両方、上げるんだ。ピースマーク知ってるだろう。あんな風にやれば笑顔に見える」

「おかしくもないのに笑顔を見せて、どんないいことがあるんだよ」

「すぐには、効果は出てこない。でも徐々にヒロに対して、みんなやさしくなってくる。俺も子供の頃から愛想悪くて、まわりから受けが良くなくて、損したことがいっぱいあった。得するぞ。このアドバイスだけで、俺の給料一週間分くらいの値打ちがある」

「…………」

「やるか？」

「はい！」

ヒロは大声で答えて、泣き笑いにしか見えない作り笑いを必死で浮かべて見せた。何ともコメントのしようがなく鈴谷は言った。

「次、いってみようか」

「はい！

一つ、やらなければいけないことは、紙に書き、大事なことから順番にやれ。どちらが大事かわからないときは、やりたくないことからやれ」

鈴谷は、うなずいた。

「これは、説明する必要がないな。わかるだろ。後、付け加えるとすれば、その日のうちにやってしまうこと……ということになるかな」

「はいっ！」

「おっ、いい返事じゃないか」

ヒロは、それから、九条まで読み続けた。それを聞きながら、鈴谷は少々申しわけない気分でいる。自分が子供の頃できなかったことを、すべてヒロに押しつけようとしているのだから。少しは、おだてておかなくてはいけないかなと思っていた。自分は誉《ほ》め言葉で伸びていたように思うし。

ヒロ自身も、うすうす自分でも気がついていたことばかりだから、痛いところを突かれていると思って、それほど反駁《はんばく》もできないでいた。約束したら必ず果たせとか、時間には遅れるなとかが続き、鈴谷は、その一つ一つに丁寧に解説を付けた。

「最後の一つは何なの。これで九つだけど」

「それはな」

実は、鈴谷はそのとき、まだ思いついていなかったのだ。鈴谷は十カ条書いたつもりでいたのだが、実際は九つしか書いていなかった。

鈴谷が言いつつ思いめぐらせていたとき、階段からハルが顔を出した。

「ヒロ！　おかみさんが呼んでるよ」

ヒロは跳ねるように立ち上がって叫んだ。

「はい！」

それから、駈け降りていく。ハルはあきれて「へェ。ヒロがこんな返事するなんて。雨が降るんじゃないかね」

そう言い残して姿を消した。

鈴谷は駒を片付けながら、「がんばれよ、俺！　時間は可変性なんだ」

そっと呟く。

17

またしても布川は、高台にある「みなと保育園」に足を向けていた。あれから布川は、臼井に言われたことが、頭にこびりついて離れないでいた。

「二十年前に固執していた人たちだけが、感応したと思うんです。その人たちだけが、私と共に一九八六年にやってきた」

「皆さんも、この時代で思いを残していること、願ったことがかなったら……決着がついたら、向こうに引き戻されてしまう……」

自分は、生まれてもいない二十年前の、何に決着をつけに来たというのか。

確かに、母親には一度でいいから会ってみたかった。自分を産み落としてすぐに亡くなってしまったという母親に。

その望みはかなえることができた。母親は自分が子供の頃から夢見ていたとおり、素晴らしい母親だった。やさしそうで、誠実そうで、頭が良さそうで……そしてきれいだった。母親に会えて未来に引き戻されなかったのは何故だろうと布川は思う。まだ、この一九八六年に思いを残していることがあるはずだ。それが、自分でもよくわからない。頭の中に正体のわからないモヤモヤが残っているのは確かだ。そのモヤモヤが残している思いなのだろうが……。

もちろん、二〇〇六年の世界へ還りたいという願望なぞ、布川にはない。二〇〇六年の世界で、使命を果たせなかった鉄砲玉なぞ、居場所すらないのだ。

だが、自分自身でもわからない思いの正体だけは知りたい。

待合室でも、立ち寄ったパチンコ屋で打ち続ける間も、臼井の顔が浮かんできた。夜中、「胸いっぱいの愛を」のシャウトする声が聞こえたような気がして、それから目が冴《さ》えてしまった。自分の中でつく決着って何なのだ。そればかりを呟き続け、待合室で夜明けを迎えた。有楽横町で酔いつぶれたサラリーマンを介抱するふりをして抜きとった金で朝からうどんを食べるとふらふらと身体が動き出した。

「みなと保育園」だ。

保育園に着いたとき布川は思っていた。まるで、自分はヤクのきれた麻薬常習者《ジャンキー》みたいなものかな。母さんに会えば、何か答がでてくると思ってしまう。

まだ朝の九時前で、父兄に連れられた園児たちが、次々に園内に入っていく。園内に保母たちの姿も見えない。母親の布川靖代に会うのが目的だ。

約束をとりつけたい。

布川は、とりあえずそう思っていた。

自分と会って欲しい。話したいことがある。血がつながっているんだ。そう頼めば必ず会ってくれる。そう半ば信じかけていた。

勤務中だと言われたら、仕事が終るまで、待っているつもりでいた。時間だけ約束してくれれば、それまで時間を潰《つぶ》す方法はどうとでも知っている。パチンコ屋に行くなり、映画を見るなりして時間を待つ。

だが、母の姿も、他の保母も見あたらない。鉄門のところで、仕方なく園内の様子をのぞくだけだ。

時計が九時半になろうとしたとき、意を決した。園内に入っていく父兄や園児も徐々に減ってきている。単独かつ力ずくで園内に押し入ることには抵抗があった。ちょうどそのとき、一組の母親と園児が登園してきたのだ。その園児は、布川を覚えていた。

布川の顔を立ちどまって、じっと見た。そして指さし、母親に言った。

「この人、痴漢だぞ――」

このガキ、何てことを言いやがる。母親は事情がわからず、戸惑ったような顔をした。

「ショーちゃん、知らない人のこと、そんな風に言ったら駄目でしょう」

できれば、布川に関わりたくないという様子だった。だが園児は跳びながら続けた。

「布川先生にいやらしいことしようとしているぞー」

布川は顔がみるみる充血していくのが自分でわかった。だが、怒鳴りだしたら、すべてぶち壊しということもわかる。

その園児の頭を布川は震える手で撫でた。

「ショーくんっていうんですか？　布川先生のこと大好きみたいですね」

それまで跳びはねていた園児の動きがぴたりと止まり、顔をまっ赤にした。ませたガキだと布川は思うが、「いいお坊っちゃんですね。私、布川の弟なんです。久しぶりに門司に帰ってきたもので」

そう母親に告げた。母親は明らかにほっとしたようだった。

親子が園内に入るのと同時に、布川も話を続けながら、入っていく。

「そうか。ショーくんは、ことり組なのか。ことり組が布川先生か。きれいだよなー。やさしいよなー」

そう言い続けると園児は下を向いたまま顔を赤らめていて、余計な口は叩かない。

園舎に入る前に、その母親が言った。

「でも、布川先生、大変でしたよねぇ」

「ええっ、何が大変なんですか？」

布川が問い返すと、園児の母親は困惑したような笑みを浮かべただけだった。下腹に、不安感がずんと広がった。

そのまま園舎に入った。ことり組に入ると幼児たちが教室の床の上に集まって座っていた。

前に立っている保母は、布川靖代ではない。童顔で丸顔の女性だ。

「おはようございます。何か？」

布川に声をかけてきた。布川もぺこんと頭を下げた。

「おはようございます。布川先生はどちらでしょうか？」

その保母は、きょとんとした顔になった。

「あのー。布川先生は、昨日づけで退職されましたが」

「嘘つけぇ！　俺は昨日、会ったんだぞ。そんなこと、何も聞いとらん！」

布川は瞬間的に態度を豹変《ひょうへん》させた。ドスの利いた大声が教室中に轟《とどろ》きわたった。

一緒に入った母親が腰を抜かした。教室中がパニックになった。泣き叫び出す子。小便を噴水のようにまき散らしながら逃げ惑う子。教室の隅の机の下に隠れる子。失神する子。引きつけを起こす子。

その保母に布川が近付いていくと、保母は床に尻をつけたまま、後ずさりしていく。その床がナメクジが這《は》ったように濡れていた。目から大粒の涙をぽろぽろ流している。何か言おうとしていたが、布川には「きっ、きっ、きっ、きっ」とわけのわからない言葉にしか聞こえなかった。

「何で、布川先生、やめたんだ！」

「きっ。きっ。きっ。きっ」

駄目だ。壊れちまったと布川は思う。これじゃ何もわからない。

布川は、保母を引きずるように立ち上がらせた。

「話のわかる奴のとこへ、連れていけ」

保母は反応がない。

「わかったか！」

怒鳴ると、保母は「ビーッ」と答え、涙とともに鼻汁まで垂らしてうなずいた。

保母と共に教室を出ると、クモの子を散らすように他のクラスの保母が逃げ惑った。保母の二の腕を握るが、ショックでうまく歩けずにいた。教室を二つ過ぎると、その奥に園長室とあった。

「ここか……」

保母の腕を摑んだまま、布川は園長室のドアを蹴り、中へ入った。

応接用ソファの先の窓際にデスクがあり、中年の女がそこに座ってペンを握っている。白いスーツの品の良い女性だった。それが、園長らしい。

布川の姿を見て背筋を伸ばし、ペンを置いて言った。

「どなたですか？　何の用ですか？」

毅然《きぜん》とした口調だった。

「驚かせて、すまない。布川先生を探しているんだ。ここ、辞めたんだってな」

布川が言うと、園長は布川の正体を探るように、じっと睨んだ。

「離しなさい。乱暴するようでしたら警察を呼びますよ」

静かな口調で園長はそう宣告した。布川は保母の手を離した。保母は転げるように部屋から出て行った。園長は立ち上がった。気丈な性格だということは凛《りん》とした背筋の伸ばしかたでもわかった。

「布川先生は、昨日付けで、ここを退職しました。あなたは、布川先生の何にあたられるんですか？」

「親せきだ。何故、退職したんだ。理由は何なんだ。あんたがクビにしたのか？」

「ちがいます」

園長はきっぱりと、そう言いきった。

「おかしいじゃないか！　あいつは子供たちを可愛がっていたし、子供たちだって慕ってるんだぞ。自分から辞めるはずがないじゃないか！」

しばらく二人は睨み合っていた。それから園長は、掌を出して言った。

「どうぞ」

園長は、布川にソファに座るようにと言ったのだ。布川は、その様子から、この園長は信頼できる人物かもしれないと感じとった。自分を一人の人間として扱ってくれている。

布川は園長の言葉に素直に従うことにした。

だが、ソファに座っても、落ち着かない。右膝《みぎひざ》をせわしなく揺する。

園長もソファに座り、じっと布川の様子を見ていた。遂に両膝を揺すり始めて布川は言った。

「どうして辞めたんだよ」

園長は、まだ布川をみつめ続けていた。それから、言った。

「半年前、靖代さんはレイプされたの」

布川の両膝の動きがぴたりと止まった。園長は、かまわずに続けた。

「犯人はまだ捕まってないけど、どうせろくでもない連中に決まってるわ」

布川は言葉を探した。そんなはずはネェ、そんな馬鹿な、じゃあ俺は、……だが何も出てこない。声そのものが出ない。放心状態に近い。

「靖代さんは、ご家族の反対を押しきって、警察に被害届を出して……その後、自分が妊娠していることに気づいた……」

聴きたくなかった。知らなかった。そんな話。自分が、レイプされて出来た子だったなんて。布川は両手で頭を抱えこんだ。ムンクの〝叫び〟のような表情だった。

「お腹の子は、犯人の子よ。それでも、彼女はその子を産むことに決めたの」

布川の喉から、やっとふりしぼるような声が出た。

「なんで！　？　？　？」

それは悲痛な叫びに近かった。園長は話をやめたりはしなかった。

「当然、ご両親も大反対だった。そんな子供は絶対に産ませない。布川の家系に泥を塗るようなことは絶対にさせない……。お父さんは靖代さんを無理矢理階段から突き落として、流産させようともしたらしい……。

だから、靖代さんは家を出た。誰の力も借りない。自分の力でこの子を産み、育ててみせるって……」

布川は、その話のすべてを否定したかった。だが、この園長が、布川に嘘を話して何の得があるというのか。自暴自棄になっていた。

「俺は、おふくろを階段から突き落とした、そのクソ親父に育てられたんだ!!」

その言葉に園長は、一瞬、不思議そうな表情に変った。

「ちきしょー」布川は呻いた。

「靖代さんは、本当に明るくて素直で素晴らしい人材だった。一所懸命に働いてくれたわ。でも、その事件の噂《うわさ》が、妙に歪んで広がっていったの。それを伝え聞いた父兄たちが押しかけてきて、辞めさせろって。そんな穢《けが》らわしい子を産むような人にうちの子を任せるわけにはいかない……そんな論理で。私たちも必死に親たちを説得したけど、どうしても納得してもらえない。やりとりが親たちと続いていて、それで靖代さん、自分さえ辞めれば、すべてうまく収まるって……」

園長は、心から残念そうだった。できうれば、もっと布川靖代には園に残ってもらいたかった。言葉の裏に、そんな思いが滲《にじ》んでいた。

会いたい。とにかく、もう一度、母さんに会いたい。そんな気持が布川の中でこみあげて来る。

「どこに行けば会えるんですか？」

園長は、首を横に振った。

「昨日の夜、遅くにウチの寮を引き払ったから……靖代さん、行先も告げてないの」

布川は思った。

探そう。母さんを探そう。必ず門司の街のどこかにいるはずだ。足を棒にしてでも探しまわれば、必ず会える。

「邪魔したな」

ドアへ歩きながら、園長に礼をした。

園長が言った。これまで抑えていた感情が初めてこもった言葉で。

「お願いです！　もし、あの子に会っても、絶対にあの子を傷つけたりしないで！」

布川は立ち止まり、園長を見た。言葉の返しようがない。

園長の目が、真剣なことがわかる。布川はそのまま部屋を出た。

18

男でなければ、できない仕事というものがある。旅館『鈴谷』では、そういう仕事が溜まっていた。猫の額ほどの庭があり、泉水と鈴谷の背丈ほどの槇《まき》の木があった。泉水は汚れて中に鯉《こい》がいることもわからない。槇の葉は伸び放題になっていた。その剪定《せんてい》を我流ですませ、泉水の水をかい出して、掃除をすませたところだった。

とりあえず、男の仕事は一段落かと鈴谷が大きく伸びをしたとき、背後の縁側で人の気配がした。

あわてて振り向くと、彼女がいた。

青木和美だ。

和美は縁側に立っていた。白のブラウスにピンクのカーディガンだ。黒っぽい長いスカートをはいている。

右手に、ヴァイオリンケースを提げていた。

じっと、鈴谷を見ていた。

「あ、ども……」

あわてて、鈴谷は和美に頭を下げた。和美はニコリともせずに「ヒロは？」

「ああ、あいつは今日から学校なんですよ。冬休み明けだから、帰りはそんなに遅くはならないはずですが」

そう答えながら、鈴谷は、ヒロはまっすぐに帰らずに三角山あたりで一人ぶらぶらしているのかもしれないなと思う。早く帰ってきたところで、旅館の用事をやらなければならないと思って。

「そっか……仕方ねえな」

和美は、何か投げやりな口調だった。それから思いついたように鈴谷に言った。

「ねえ、居候さん。今……時間ある？」

「今、一段落したところですが。将棋のお相手ですか？」

「ちがう。じゃ、いまから私とデートしようよ！」

「は」

突然の和美の申し出に、鈴谷は仰天してしまった。

「ど、どこに……デートなんですか？」

「付いてくりゃわかるよ。あ、私、身体があまり強くないから、自転車で乗っけてってね」

「そ、そりゃかまいませんけど」

「ハッピは脱いでいってね。恥ずかしいから」

あわててハッピを脱ぎ捨てた鈴谷は、自転車を物置きから引っ張り出す。

道を先に歩く和美に、やっと鈴谷は追いついた。

「どうぞ。後ろに乗って下さい。お尻痛いといけないからタオルを何枚か敷いてます。だいぶちがうと思いますよ」

和美は後部座席に黙って乗った。

「どちらに走らせるんですか？」

「あっち」

和美は、坂の上の方を指でさした。鈴谷は悲鳴をあげたくなった。

「まじですかァ」

「そう。いい運動になるでしょう」

意地でも和美の期待に応えなくてはと、がむしゃらに鈴谷はペダルを漕ぎ続けた。自転車は坂を蛇行するようにふらふらと登り続けた。和美は両手を鈴谷の腰にまわしているが、彼にはその感触を楽しむ余裕は、まったくなかった。代りに、自分がぜいぜいと喘《あえ》ぎ始めているのがわかった。

和美は、あ、ここもいい景色じゃない！　とか、おっ、ペース落ちないねえ、と機嫌が良さそうだった。

ついに、鈴谷は体力の限界を迎えた。

「和美さん……かんべんして下さい。……もう駄目です」

ついに弱音を吐くと、和美は自転車の後部からぴょんと飛び降りた。

「よし、がんばった。かんべんしてやるか」

二人は坂道を歩いて登る。ヴァイオリンケースを手で振りながら歩く和美の後を鈴谷が自転車を押して登るという形だ。

いったい和美は、どこへ行きたがっているのだろうと、鈴谷は考える。

突然、和美が振り返った。同時に彼女の長い黒髪がふわりと回転した。そして言った。

「あなた、本当は、どこの出身？」

「東京ですが」

「東京のどこ？」

鈴谷は、何だか身元調査を受けているような気がした。和美の興味の方向は予測がつかない。やや、エキセントリックなところがある。

鈴谷は嘘をつく必要もないと、正直に答えた。

「えーと。中里の方ですが。御存知ですか?」

和美は少し嬉しそうに声を弾ませ「へェー」と言った。

「えー、私、去年まで王子に下宿してたの。隣町じゃない」

「へえ、本当に近所と言えば近所ですね」

「だから、何処かで見たことがあるような気がしていたんだ。どっかですれ違ってたのかもしれないし」

そのはずはないと鈴谷は思うが、あえて、それは否定しなかった。

「……かも知れませんね」にとどめた。

「えー、じゃあさ、上野とかよく行く?」

「ときどきですね」

「そう。あのさ、何年か前にアメ横で火事があったでしょう。あのとき私、すぐ近くにいたんだよ。火の粉がとんでね、かなり離れていたのに顔が熱くなってね。びっくりだった。少し怖かったなあ」

そのできごとは、鈴谷の記憶にはない。二十数年前の火事なのだ。コメントのはさみようがないなと思っていると、和美は勝手になつかしんでいる様子なので安心した。

「そうかぁ。やっぱり東京だ。なつかしいなあ。やっぱりそうだよ。絶対私たち東京のどこかですれちがっていたんだ」

「ありえますよ」

「絶対それで見覚えがあったんだ」

「は……その……ま」

笑っていた和美の顔が少し意地悪っぽくなった。

「ハルさんが言ってたよ。スズキって人、きっと東京に奥さんと子供がいて、突然、蒸発したくなって、ここにたどりついたにちがいないって」

鈴谷は、それを聞いて失笑するしかなかった。

「そりゃ、すごい推理ですね。テレビの観すぎかな。お昼のメロドラマか何かで、そんなのがあったんでしょう」

和美は、声をあげて笑った。

「うん、東京だってのは、皆、すぐにわかるよ。東京の匂いしてるもの」

「東京の匂いですか……」

鈴谷は、そんなものだろうかと思う。東京の人間に匂いや雰囲気ってあったのだろうか。

「そう、匂いがあるのよ。……私って今日はずいぶんおしゃべりだよね」

「そうですか」

「なんか、今、楽しいもの。気分がいいし。こういうときって、思ってもいないことまで口から出ちゃうことがあるんだ」

「そうなんですか」

「そうなんですよ。だから、ふっと思っちゃった。もし、運命のいたずらで、私たちが東京にいるとき出会っていたら、恋人同士になっていたかもしれないね。そう思わない？」

突然、そう和美から言われて、どぎまぎして生唾《なまつば》を呑みこんでしまう。鈴谷は目をしばたたかせたが言葉の返しようがない。

「………」

思ってもいないことを和美は口にしたのだろうか？　そうではなさそうだということが、和美の表情でわかる。

「でもさ、もう手遅れだけど」

ふっと和美の表情に影が落ちるのがわかった。それは、和美自身の病気のことを言っているのだろうかと、鈴谷は直感で思った。

19

二人は、路地をならんで登っていった。いつまでも坂が緩やかなカーブに沿って続いていた。

和美の足は速く、鈴谷は自転車を押しながらのため、追いつくのが精いっぱいだ。こんなことなら自転車を置いてきたほうがよかったかなと後悔した。

荒い息を吐きながら、鈴谷は和美に尋ねた。

「ど、どこまで行くんですか？　まだ、かなり登りますか？」

和美は、ふり返り、情けない奴だなぁという目で鈴谷を見た。

「あ、いいです。大丈夫です。まだ、いけると思いますから」

あわてて鈴谷が付け加えると、和美は、そうかというようにうなずいて再び歩きはじめた。

苦しいが、楽しい。鈴谷は、そのときそんな気持でいた。子供の頃、和美姉ちゃんと遊んだ楽しさと同時にやすらぎを伴った幸福感がある。和美姉ちゃんは、まだ元気だ。そう無意識のうちに口には出さず心の中でつぶやいていた。

先を歩く和美が石垣に沿ってカーブの坂道の向こうに消えたときだった。

和美が、「あっ」という叫び声をあげた。

鈴谷が追いつくと、和美はそこに立ちどまっていた。

見事な光景だった。その石垣に無数の鉢が取り付けられていた。そして、一月の寒空にもかかわらず、無数の鉢のそれぞれから、鉢植えの花々が咲き競っていたのだ。世界が単彩から天然色に変化していた。世の中から花の姿が消えているこの時季に……。ツバキ、シクラメン、ユリオプスデージー、オキザリス、ハボタン、デンマークカクタス、サザンカ、そして名も知らぬ無数の花々。

その通りに入っただけで、おとぎの国か、夢の世界にでも足を踏み入れてしまったような気がしてしまう。

その花々に見とれている和美は心底嬉しそうだった。彼女にとってまったく予期しない光景だったのだろう。笑みが止まらない。それまで和美を覆っていた何かが剥がれ落ちてしまったような、そんな笑顔だった。

「びっくりしちゃった。こんな話、聞いてなかったよー」

和美がシクラメンの鉢をのぞきこみながら溜息をつく。

「和美さんも、こんな道ばたの花園、知らなかったんだ」

和美は、うなずいた。

「だって、ずっと学校へ行ってて、東京から帰って来てからは、あまり外にも出ていなかったし。

素晴らしいプレゼントだよね。この道を通る人への」

和美の声は嬉しさにうわずっていた。

「この季節に、こんなに花を手入れして見事に咲かせるって、この家の人、本当に花が好きなんだろうね」

和美のその無邪気な笑顔が鈴谷には何より嬉しかった。

「この家の人って、どんな人なんだろう。すごく優しい人なんじゃないかなぁ」

和美がそう言ったときだった。

鈴谷は人の気配に気がついた。顔を坂の上の方に向けると、少年が曲がり角の電柱の陰からこちらをうかがっているのがチラリと見えた。

中学生くらいの少年だ。坊主頭でラッキョウのような顔をしていた。学生服を着ている。

中学生は、鈴谷と視線が合うと、困ったような表情をして、すぐに姿を消した。

「行っちゃった」

鈴谷は、何かその少年に気になるものを感じていた。真面目《まじめ》そうなのだが、何か影があるように思えて。

「誰かいたの？」

そう和美が問い返すと、鈴谷は首を振った。何か気になる。あの痩せて地味な印象の中学生は。

そこで気がついた。あの少年は、臼井光男に似ている。門司港駅で会った影の薄い大学教授。臼井の若き日の姿だったのだろうか。それとも気のせいで、他人の空似だったのだろうか。

だが、そんなできごとも、すぐに意識から遠ざかってしまうことになる。

「ねえ、何も感じない？　この花を見て」

「いえ、感じますよ。ほんとうに素晴らしいって」

あわてて鈴谷は和美に相槌《あいづち》を打った。

「でしょう？　この家の人、大切に大切に花々を育てて、その幸せをここを通る人と分かちあおうとしているんだよね」

和美は、そう言って右手をハボタンの鉢に伸ばそうとした。その指先が急に震え出すのを鈴谷は見た。和美は眉をひそめ、あわてて手を引いた。そのまま彼女は唇を嚙《か》みしめて立ちつくしていた。

どうすればいいものかと立ちつくす鈴谷に和美は吐き捨てるように言った。

「何、見てるの？　何でもないんだから」

「はい」

鉢から離れて、和美は再び坂道を登りはじめようとした。だが、その身体が不自然に揺れた。

「和美さん」

鈴谷が叫ぶと、あわてて自転車を離して彼女に駈け寄り身体を支えた。

和美の身体全体がぶるぶると震えていた。寒さのためではない。彼女の内部で変調が起こっているのだ。

しばらくそのまま、二人はその姿勢でいた。

震えが急に止まると、和美は抱きかかえていた鈴谷の腕を振りはらった。

「大丈夫だって言ってるでしょ。心配しなくていいの！」

そう言って和美は鈴谷を睨んだ。とても、大丈夫には見えやしない。

無言のまま和美は再び坂を歩きはじめた。もう和美を送った方がいい。そう鈴谷は思うが和美はがんこなようだ。何も言わずに、何かに憑かれたように坂を登っていく。

鈴谷は和美の後を追っていくことしかできなかった。

丘の上に着くまで、和美は一言も口をきかなかった。

だが、ベンチの上に彼女がヴァイオリンケースを置いたことで、そこが和美が目指していた目的の場所であることが鈴谷にわかった。

もうずいぶんと陽が傾いていた。

丘の上の広場は、他に人の気配はない。眼下には門司港と海、そして門司の街なみが広がっていた。

「ここが、子供の頃から私の好きな場所」

和美が、やっと口を利いた。

「ここで弾いておきたかった……」

鈴谷は、うなずくだけだった。また、いつ和美が発作を起こしはしないかとハラハラしていた。

和美は、しばらく呼吸を整えていた。それで身体も少し復調したらしい。鈴谷はほっとする。

和美を見ていてわかった。どうしてもここで弾きたかった……。そしてその演奏を誰かに聴いてもらいたかった。ヒロが不在で、鈴谷がいた。だから、鈴谷が聴衆に選ばれたのだと。

ベンチの上のヴァイオリンケースを開き、和美は中から、愛用なのだろう、ヴァイオリンを持ち顎ではさんで構えた。

右手の弓を、弦にあてようとしたときだった。

またあの震えが右手を襲った。

楽器を置き、左手で右手をさする。そのまま彼女は祈るように目を閉じて、何度も繰り返して深呼吸した。

見極めがついたのか、再び弓を持ちヴァイオリンを構えた。

鈴谷は、ごくりと生唾を呑みこんだ。震えがきませんように。

弓が弦の上を滑るように走った。手は震えていない。

透明な美しい旋律が流れてきた。

素晴らしい音色だ。自分がヒロのヴァイオリンを弾いた音色とは全然別ものだと思える。技法のちがいだけで、これほどまでに差が出るものなのだろうか。

そしてメロディ。

聞いたことがある。幼い頃、ヒロだった時代。和美姉ちゃんに聞かせてもらった。

何という曲だったっけ。

そうだ。エルンストの「夏の名残りのバラ」

そんな曲名だったっけ。

演奏は続く。流れるように。

どのような表情で和美が演奏しているのか、鈴谷にはわからない。和美は彼に背を向け、門司の街に向かって弾き続けていたから。

ふと、鈴谷は開き放しになっているヴァイオリンケースの底に一枚の古い写真が置かれているのに気がついた。

少女の写真だった。十歳くらいだろうか、フリルのついた服にヴァイオリンを構えてはにかんでいた。和美のおもかげがあった。

きっと、彼女が初めての発表会を迎えた日に撮られたものではないのかと、鈴谷は想像した。和美は本当にヴァイオリンが好きで好きでたまらないのだ。

演奏が突然に終った。

和美は、まだヴァイオリンを構えたまま、彫像のように立っていた。まるで、時間そのものが停止したままのように。

そして、ゆっくりと和美はヴァイオリンを下ろし、鈴谷の方に振り向いた。

あまりの演奏の素晴らしさに、そのとき鈴谷はぽかんとしていたのだ。

それから、急に思い出した。

そうだ、こんなときは拍手なんだ。

激しく両手を叩く。お世辞抜きの感動の拍手だった。

拍手をしながら鈴谷は気付いたことがあった。和美の目が真っ赤だ。弾き終えて彼女は泣いている。

涙を拭《ぬぐ》いながら、和美は言った。

「やめてよ、バカ」

それが本心でないことはわかる。照れているのだ。

「いや、凄《すご》かった。本当に感動しました」

鈴谷は拍手を続けながら本音で言う。それが嬉しかったのだろう、やっと和美は微笑みを見せた。宝物を扱うようにヴァイオリンをケースに納めながら彼女は言った。

「ここに来るまで、本当に弾けるかどうか、ちょっと不安だった。でも……良かったぁ……いま弾けたのは奇蹟のようなもの……。きっと神さまが背中を押してくれたのかもしれない。

だから……これが私の弾き納めなんだ。もう二度とヴァイオリンは演奏しない。これが最後に聴けたんだから、ラッキーだったね」

「そんな淋《さび》しいこと言わないで下さいよ。どうしてですか？」

「明後日から入院しなきゃいけないの」

それから和美は自嘲的な笑みを浮かべた。

「死んじゃうんだ。私……」

そう言われて、鈴谷は息が詰まる思いだった。和美は自分の症状からうすうすと結果を予知していたのだ。どうリアクションを返していいものかわからない。

「冗談、やめて下さいよ」としか言えなかった。

「冗談じゃないよ」

今度は吐き捨てるような口調だった。

「それって……さっきの話、関係ありますか？　ぼくたちが今更、出会っても遅い……という」

「わかんないよ」

しばらく二人の間に沈黙があった。

「あなた。いつまであの旅館にいるの？」

「わかんないです。……でも、ずっといるわけじゃないと思う……」

「だよね。……そう思ってた。そのうちどこかへ行っちゃうんだろうなあって」

ヴァイオリンケースを閉めるパチンという音が、鈴谷にはやけに寒々と聞こえた。

「だったら、別にどうだっていいじゃない。私のことなんて」

ヴァイオリンケースを持って和美は歩き出した。

「どうだってよくはないです」

鈴谷が叫ぶように言うと和美が立ち止まった。

「なんで？」

「なんでって。あの……うまく言えないんです」

鈴谷の様子を見て和美はふっと笑った。

「あなた……おもしろい人ね。もっと早く出会いたかった……」

鈴谷は、そう言われて、耳朶《みみたぶ》が真っ赤になるのがわかった。

「ねえ」

和美が言った。

「は。何でしょう」

和美は、右手を上げ、自分の鼻をつまみ、ぱちんと鳴らしてみせた。

「何ですか？　それ」

「あなたが将棋を指すときのクセよ。ヒロと一緒だから」

「そ……そうなんですね」

また和美が、鼻をぱちんと鳴らす。

鈴谷もならんで、ぱちん。

「王手」

ぱちん。

「待ったなし」

ぱちん。

二人は、おたがいの顔を見つめ合い、微笑んだ。微笑みが解けるまで会話が途切れた。

「なんだか、寒くなってきちゃった。

帰ろうか」

再び和美が歩き出した。数歩でその動きが止まった。左手に持っていたヴァイオリンケースが落ちた。

ぐらりと和美の身体が揺れた。

鈴谷は、あわてて駈け寄って和美の身体を支えた。そのまま、和美は倒れこもうとする。

「和美さん。大丈夫ですか」

返事はない。和美は意識が朦朧《もうろう》としているようだ。

「和美さん。和美さん」

鈴谷は、必死で和美の身体を支え、何度も名前を呼び続けた。

20

そのとき、鈴谷はどうしていいのか、皆目わからなかった。

すでに日は暮れて、黄昏《たそがれ》の明るさがぼんやり残っているだけだった。ぐんなりした和美を背負うのは至難の業だった。

左手で和美のヴァイオリンケースを持ち、なんとか和美を背負った。

意識のない人間の身体って、こんなに重いものなのかと鈴谷は驚いていた。

自転車はあとから取りに来ればいい。それよりも和美の容体が心配だった。

鈴谷は泣きだしたかった。自分でもパニックをおこしかけているのがわかっていた。

夜道を、早足で必死になって駈けおりていた。とにかく、そば処『たもつ』まで、和美を運ばなければならない。

場所はわかっている。ヒロだった時代に、何度も、和美姉ちゃんについていって、そばを御馳走《ごちそう》になっている。

そば処『たもつ』は、まだ店のあかりがついていた。

腕が抜け落ちそうになるのを必死でこらえて、鈴谷は店内に入った。

作務衣《さむえ》姿で頭にバンダナを巻いた青木保が目を剝き出して調理場から飛び出してきた。

「和美！」

「急いで病院へ。具合が悪くなられたみたいで」鈴谷はそれだけ言うのが精一杯だった。

「わかった」

青木保は、そう言うと、外へ出た。幸いなことに、客はなかった。

しばらくすると、エンジン音がして、「そば処　たもつ」と書かれた白いバンが店の前に停止した。駐車場から車をとってきたらしい。

鈴谷は電話を借りて、椿に状況を説明し、とりあえず病院へ付き添っていくことを連絡した。

門司港の東港町にある門司労災病院に和美を運びこんだのが、それから二十分後だった。

幸いに和美の担当医が当直で病院に居てくれたために、優先的に和美の容体を診《み》てくれることになり、鈴谷はとりあえず胸を撫でおろした。

診察室前の廊下にある長椅子に保と鈴谷は腰を下ろした。

「一緒に付き添ってなくていいんですか？」

鈴谷が言うと、保は顔をしかめた。

「女性の診察なんだから。エチケットですよ。エチケット」

そう力なく言った。それから、初めてまじまじと、鈴谷を見て言った。

「あんた……誰なんですか？　和美の……？」

鈴谷は、そう言われて言葉を失った。あわててそば処『たもつ』に駈け込み、和美を病院に連れていくことに気をとられていてまだ名乗ってもいない。

「あ、私ですか……。私、つい最近、旅館『鈴谷』の方で働かせて貰っております。スズ……キと言いますが」

「あっ、そう。本当に御心配かけてしまって。お世話になりました」

何も疑うことなく青木保は鈴谷に頭を下げた。鈴谷にとっては、保は子供の頃会ったやさしくて人のいいおじさんの印象のままだ。子供の頃、このおじさんは誰かに似てると思ってたよなと思いだす。そうだ！　昔、見た「トラック野郎」という映画シリーズに出ていた人に似ている。子供がいっぱいいる「やもめのジョナサン」役の人に似ていると思ったっけ。

「椿さん、心配しているだろうな」

ひとりごとのように保は言った。てっきり、和美は旅館で倒れたものとばかり思っているようだ。

そのとき、「青木さん」と看護婦が呼んだ。

「お父さままですか？　先生の説明がありますので、中の方へお入りください」

保は、一瞬、おびえたような眼になった。それから、鈴谷に、「じゃ、行ってきます」と告げ診療室の方へ入っていった。それと同時に意識を失ったままの和美が、ストレッチャーに乗せられて運び出されていく。

病室へ連れていかれたのだろうか。

あのときは、どうだったのだろうと鈴谷は必死で思い出した。

和美は、いつ亡くなったのか。ある日、突然に会えなくなった。……それから……。

ぼんやりとした記憶しかない。思い出せない。あのとき、くやしい思いをした。それは確かだ。誰も和美姉ちゃんの本当のことを教えてくれなかった。だから、自分でもどうしていいか、わからなくなってしまった。

青木保が、ふらついた足取りで廊下に現われた。目が虚《うつ》ろだ。

「椿姉ちゃんに……いや、椿さんに電話をかける」

それから途切れ途切れに「公衆電話は……」とか、「旅館『鈴谷』の番号は……」とつぶやく。心は他のところに飛んでいっているようだった。

廊下の端の明かりの下に公衆電話があった。鈴谷は、そこへ保を連れていく。

「私が、かけましょうか？」

鈴谷が言うと、「お願いします」と保は答えて、ぺたりと電話横の長椅子に腰を下した。

十円玉を入れて、ダイヤルを回した。何度か呼び出し音が続いて、出たのは椿だった。

「スズキです」

「どうだった。連絡ないから、はらはらしてた。どうなってるの」

「あ、おかみさん、すみません。今、病院からなんですが、一応、和美さんを運びこみまして」

「和美ちゃん……。大丈夫なの？」

「あ……あの。そこんとこは、保さんが、話聞いておられるんで……代ります」

鈴谷は座って呆けた表情のままの保に受話器を渡した。保は、はっと我に返ったように立ち上がった。

静かな院内だ。電話先の椿の声まで鈴谷の耳に届いてくる。

かすかな椿の声は、鈴谷が電話を代ったことで、緊張が増したようだった。硬ばった声で「もし、もし……」

保がやっと口を開いたが、声が震えていた。両手で受話器を支えるように話す。声だけでなく、全身が震えていた。

「椿さん？　椿さん？　俺です……保です」しばらく絶句した。ひくっひくっと喉を鳴らす。電話の向こうで、椿が「気をしっかり持つのよ。保ッ！」と言ってるのが聞こえた。

再び保が話し始めた。今度は、かなり気持が落ち着いたらしい。

「和美は、今日のところは、病院で預かってくれることになりまして……。それで、今、主治医の先生から話を聞いてきたんですが……和美、もうあまり長くないらしい。行くところまで行ってるって言われちゃってね」

また、言葉が途切れた。

「あと……どのくらいなの。和美ちゃん」

「うまくもって、三カ月。……だってさ」

「三カ月……だって。この前まではあと一年は大丈夫だって……なんであの子だけそんな……」

「珍しい病気なんで症例が少なくて……予測がつかなかったらしいんです」

「なんて、残酷な話なんだい。和美ちゃん、可哀想すぎる………ヒロ!!」

椿の声が驚いたように響いた。

あのときだ！

鈴谷は、はっと顔を上げた。皆が内緒にしていた和美姉ちゃんの病気のことを、初めてはっきり知ったとき。あのとき、自分は、戸口のところで電話するばあちゃんの会話で、真実を知ったのだ。

「ごめんなさい。ヒロに聞かれたみたい。また後で」

椿がそう言って受話器を置くのがわかった。保が、うつむいている鈴谷に言った。

「ヒロ君に聞かれたらしい」

鈴谷は思う。やはり、あのときだ。

あのとき……。絶望だけがあった。自分がどうしていいかわからなかった。どうしようもなく……。身体中を震わせて……。誰も教えてくれなかった。

「和美姉ちゃん……どうしたって？」と尋ねたのに、ばあちゃんはあくまでしらばっくれて答えてくれなかった。

それで爆発した。

ロビーの大きな、ばあちゃんが大事にしていた花瓶を持ち上げ床に叩きつけた。花瓶は粉々に割れた。いつもなら怒鳴りつけるばあちゃんが、不思議なことに一言も怒らなかった。代りに声をかけてきた。

「ヒロ……。今日はもう寝なさい。そして明日、ばあちゃんと一緒に和美ちゃんのお見舞いに行きましょう」

嘘つき！　何で、自分に本当のことを話してくれないのか。何故、花瓶を割ったのに怒らないんだ。そんな考えが渦巻いていたはずだ。

ばあちゃんは手を自分の肩に乗せようとした。やさしく。それが途方もなく穢《けが》らわしかった。大人は狡《ずる》い！

「いやだ。絶対にヤだ！」

ばあちゃんを突き飛ばして、自分で何をやっているかわからないほど、暴れに暴れた。椅子だろうが灰皿だろうが、投げ飛ばした。将棋の駒も飛び散った。世の中すべてめちゃくちゃになればいいと思った。

もう、こんなところには、いられない。

そのとき思いついたのは、東京の母親のところへ帰ろうということだけだ。

そのまま帳場に駆けこんで、ばあちゃんの机から、札束を取りポケットに捻《ね》じこんで、飛び出した。

ばあちゃんが叫んでいた。何て叫んでいたかは覚えちゃいない。

ただ、鈴谷は自分が言ったことは覚えている。心にもない、汚い言葉……生まれてから使ったこともない言葉が口をついて出たのだった。

「うっせえんだよ。クソババァ！　大嫌いなんだよ。おまえなんか！」

そのときのばあちゃんの表情も二度と忘れない。何とも形容しがたい悲しみの表情を浮かべて黙って自分を見ていた。

後悔していた。後悔してはいたが引き返せなかった。

「こんなとこ……二度と帰って来ないからな」

そして旅館『鈴谷』を飛び出したのだ。

そのまま、東京の母の所へ帰った。母は泣き、そして、再び門司に連れてこられて謝らされて。また最悪の日々が続いた……。

鈴谷は「失礼します！」と保に言って、病院を飛び出した。

21

鈴谷は、走りながら、必死で二十年前の自分の行動を思い出していた。

結果的には、母親のいる東京へ何とかたどり着くことができた。問題は、その過程だ。自分でも激昂《げっこう》して行動していた結果だろう。脈絡ない光景がコマ切れに思い出されるだけだ。

自分のやっていることと想いがあれほどにかけ離れていたことはない。時間が経過して冷静になる頃には、旅館に戻らなくてはという気持と、今更、怖くて帰れないという気持が交錯していた。その揺れ動く気持の間は、門司にいた。

それは確実だ。

母親に連れられて、また門司を訪れたときのバツの悪さと、白い眼の視線はつらかった。

過去は……歴史は可変性があると臼井は言っていた。自分なら、今、ヒロを連れ戻すことができるはずだ。そう……今のうちなら、ヒロも許しを乞《こ》うことができる。旅館『鈴谷』での過ごしかたも随分と変ってくる。

百メートルほど走って、自分の頭を叩いた。

「俺は、あのとき、どこ行ったんだよ」

そうだ……！

あのとき、とりあえず下関まで船で渡ろうと考えたんだ。門司に居たくなくって。門司港桟橋の渡船場に着いたのは、待合室も真っ暗い時間だった。もう、船は最終が出てしまって、どうしようもない時間を過ごしたんだ。

そこへ行けば会えるはずだ。走っても二十分くらいか。

鈴谷は、再び門司港桟橋を目指して走り始めた。さっきヒロが旅館『鈴谷』を飛び出したのなら、今頃、渡船場へ着いている頃か。ヒロに会ったら、どう説得したらいいんだ。

あのときの自分には絶望しかなかった。大人は誰も信用できないと考えていた。自分が何を話したところで心を閉じている者には効果がないのではないか。

じゃあ、どう説得すればいいんだ。とにかく、ヒロを見つけることだ。悩むのはそれからのことだ。

渡船場に着いたとき、あたりはまったく人の気配がなかった。冷たい空に犬の遠吠《とおぼ》えが響いているだけだった。

まだ、ヒロは来ていないのだろうか。

待合室に飛びこんだ。

誰もいない。いや……。

ヒロがいるのを見つけた。待合室の隅で、しょんぼりとうつむいていた。隙間《すま》風の冷たさも半端ではない。よく二十年前凍死しなかったものだと変なことに感心していた。

ヒロは、顔を上げた。鈴谷を見て、少し驚いたように眼を見開いた。だが、バツが悪いのか、また顔を伏せた。

鈴谷は、ヒロに近づきながらどうしたものかと、まだ迷っていた。

とにかく、ヒロと話をしないと。二十年前の自分には、そんな記憶はない。

ヒロと一つ離れた席に腰を下ろした。

ヒロが顔を上げ、口をへの字にして、席を一つ分離れた。鈴谷がもう一つ詰める。するとヒロは斜め前の隅の席へ移動した。

その隣へ、鈴谷はついていって座り、右手で自分の鼻をつまみぱちんと指を鳴らした。

「これで、王手だ」

鈴谷は笑ってみせた。だが、ヒロは鈴谷を睨みつけると、駈け出した。

「待て！　ヒロ」

鈴谷が叫ぶが、ヒロは振り返りもしない。改札のロープを飛び越えて浮き桟橋の方へ走っていく。

その後を鈴谷は追った。

桟橋はまっ暗だった。そこでヒロは行き場を失っていた。

鈴谷はヒロの右腕を握った。

「ヒロ！　俺の話を聞け！」

「うるせえ！　手ぇ離せよ」

ヒロは鈴谷の手を振りほどいた。しかし、もうどこにも行き場がない。

どう話をすればいいのか、鈴谷にもわかってはいない。ヒロは立ち止まっていた。

背後から鈴谷は言った。

「ヒロ。十カ条の約束を憶えているか？　あそこに書かなかった十番目の約束。今、考えているところだ。守るって言ったよな。男と男の約束で」

ヒロは黙っていた。しかし、激しく反駁してこないということは、聞く耳はあるということなのだと鈴谷は思った。イチかバチかの話をするしかない。

「ヒロ……俺にはな、……俺にも昔、これとそっくりのことがあったんだ。大好きなお姉ちゃんが近所にいて、でも、自分だけはその人が死にかけているってのを教えてもらえなくて、……俺は悔しくて悔しくて……預けられていた家を飛び出して、そのまま東京の、母さんのとこに逃げ帰った……」

ヒロが、ゆっくりと振り返って鈴谷を見た。驚いていた。何で……？　という顔だ。

鈴谷は続けた。

「本当は、姉ちゃんに会いたくて会いたくてたまらなかったのに。姉ちゃんだって枕元で何度も俺の名前を呼んでくれたのに……。逃げちまったんだ。俺は……」

ヒロの顔が大きく歪んでいた。自分の気持と同じはずだ。涙が溢れていた。

「だから、ヒロ。お前は逃げるな。いつものように笑って和美姉ちゃんに会いに行け。お前が和美姉ちゃんを笑わせるんだ」

「イヤだ」

ヒロは、ぴょんと鈴谷の側から跳んだ。泣きそうな声だった。

「イヤだ！　絶対にイヤだ！　姉ちゃんが死ぬなんてイヤだ！　だって……姉ちゃんが……だって」

泣き声でしゃくりあげるヒロを見ながら、それからかける言葉が鈴谷には浮かばない。

「だって、仕方ないだろう。和美姉ちゃんは死ぬって言われたんだから。俺たちに何ができるんだ……そりゃ、俺だって姉ちゃんに死んでほしくないよ！　でも、どうしたらいいのか、俺にもわかんないよ」

そう鈴谷が言うと、ヒロはあられもなく号泣した。

「とにかく、俺と一緒に旅館に帰るぞ。俺も一緒におかみさんには謝ってやる」

嗚咽《おえつ》を漏らしながら、ヒロは、やっとうなずいた。鈴谷の胸のつかえが降りたような気がした。

歴史は……過去は可変性なのだ。そんな臼井の言葉が鈴谷の脳裏に蘇った。

ヒロは、東京の母親のもとへ逃げ帰らないのだから。

歴史が変化したのだ。

そのときだった。

あの低いビート音を伴ったロックがどこからか響いてきた。「胸いっぱいの愛を《ホール・ロタ・ラブ》」……だ。

あたりを見回すが、曲はどこから流れてくるのかわからない。

「聞こえる……。あの曲」

鈴谷が言うと、ヒロは不思議そうにあたりを見る。ヒロには何も感じられないらしい。

臼井が言っていた。

過去の想いに決着がついたとき、未来に引き戻されるのだと。

今がそうなのかと、一瞬、鈴谷は思った。

曲のヴォリュームが大きくなっていく。

その曲が、急に消えた。

ヒロが心配そうに鈴谷を見上げていた。

「まだ、決着……ついてないみたいだ……」

鈴谷が漏らした。今聞こえるのは波の音だけだ。

「え？　何」

ヒロが心配そうに尋ねた。

「何でもないよ」

そう答えたものの、ヒロはまだ心配そうな様子でいた。

旅館『鈴谷』に着いたものの、ヒロは中に入れずにいた。ばあちゃんやハルに合わせる顔がないというのが本音なのだろう。

「早く中に入れ」「だって……」

鈴谷が言ってもヒロは足が動かないでいる。甘いなあと思いつつ、鈴谷はヒロに言った。

「よし、じゃあ、泣き疲れて眠ったという設定にしよう。俺が、おかみさんには、うまく話してやる。もう、こんな真似するなよ」

鈴谷は背中に寝たふりのヒロを背負い、旅館に入った。玄関やロビーはすでに片付いていた。二人して大あわてで掃除したらしい。

奥から椿とハルが出てきて胸を撫でおろした。

鈴谷は背中を顎で示し、「泣きつかれて、眠りました」と言った。

椿はひとつ、大きくうなずいて、鈴谷に、「御苦労さま。ありがとう」と微笑みかけたのだった。

22

午前三時過ぎ、鈴谷は背中を丸め、必死でちびた鉛筆で、ちぎったノートに書いていた。一枚目を書き、「だめだ。小学生はこんなこと書かない」と呟く。それを丸めてゴミ箱にほおる。うまくゴミ箱に納まらなかった紙屑《かみくず》が、その周囲に四、五個、転がっていた。

「何してるの?」

ヒロが目を醒まして鈴谷に言った。

「いや、ちょっと書きもの」

「十カ条の最後のを書いているの?」

ヒロの声には、前夜の興奮はもう含まれてはいなかった。それよりも、鈴谷に対して、より大きな信頼が生まれたようだった。

「そうじゃなくって」

鈴谷は諦めてヒロの布団に振り向いた。

「実はなあ、ヒロの名前で和美姉ちゃんを励ます手紙を書いていたんだ。子供の文章を考えながら書こうとするんだが、どうも、うまく書けない。弁当の企画書みたいなのしかできないんだ」

ヒロが起きあがってニタッと笑った。

「ぼくが書くよ。ぼくの名前で出すんだろ？」

「おっ！　偉いぞ少年」

ヒロは鈴谷の隣に座った。

「で、何て書くの？」

「和美姉ちゃんが元気が出てくる手紙だ。読んで頑張って病気と闘わなくっちゃって思える手紙だ。

字は下手でもいい」

「ぼく、上手だよ」

「おまえがぁっ！　……まあ、いい。字はどうでもいいんだっ。それより、ヒロの想いだな。ヒロの想いを込めた手紙を書け。和美姉ちゃんのこと、自分の気持のこと」

「……作文、うまいほうではない」

「こりゃあ、作文じゃないんだ。気持を書くんだから。下手でもかまわない。心を込めた手紙は、相手の胸に必ず響く！」

「わかった。漢字少なくてもいいよね」

「いい！　いい！」

ヒロはうなずいて、ちびた鉛筆で一所懸命に書き始めた。

手紙は午前四時前に書き終えた。

その手紙を読んで鈴谷は、感動した。

「絶対いいぞ。この手紙。でも……仕掛けが必要になったな。ヒロが、この手紙を書いたことで」

もとより承知という表情でヒロはうなずいた。真剣そのものだ。

翌日の午後、鈴谷はヒロが学校からあがるのを待って、一緒に病院へ行った。

保から聞かされていたとおり、青木和美は面会謝絶ということだった。和美の病棟のナース・ステーションに行き、担当の看護婦にヒロの手紙を託した。

その封の表には、金釘《かなくぎ》のような文字で「和美ねえちゃんへ」とある。

それから二人は、青木和美の病室を確認した。一〇七号室。一階の角の個室だということがわかった。

いいぞ。

二人は顔を見合わせ、それから歯茎を見せてニッと笑いあった。まるで年の離れた双生児のように。二人は同一人物だから当然なのだが、周囲から見れば、そのように眼に映る。

申しあわせたわけでなく、「今すぐ、手紙を渡して下さい」と同時に、しかも同じイントネーションで告げる二人は、やはり担当の看護婦には気持悪かったらしい。

小首を傾げながら看護婦が病室へむかうのを確認した二人は、大あわてで病棟を飛び出して病室の裏庭へ急いだ。

冬枯れの雑草を踏みしだいて、一〇七号室の部屋の近くまで走った。

「さぁ、ヒロ、急いで準備するんだ」

鈴谷が言うと、「うん」とヒロはうなずき、持参したヴァイオリンケースから和美のおさがりのヴァイオリンを取り出した。それから、ちょっと心配げに鈴谷に言った。

「これって、ちょっとクサいんじゃないかなぁ。いかにもって感じだろう」

鈴谷は大きく首を横に振る。

「何を言ってるんだ。最高の演出だぞ。おまえ『昼下りの情事』って映画観なかったか？あのイメージだよ」

「知らないよ。そんなの」

そうかと鈴谷は思う。自分がその映画を観たのは、高校時代にレンタル・ビデオで観たんだっけ。

一〇七号室で、和美の姿が見えた。まだ窓の外の二人には気がついていない。手渡された手紙を読むために、ベッドの上で身を起こしたようだった。

その証拠に和美は、うつむいている。

ヒロの手紙を読んでいる。

それには、こう書いてあるのだ。誤字だけは、とりあえず鈴谷が訂正した。

「和美ねえちゃんへ。

和美ねえちゃんが、とつぜん入いんしたとききました。びっくりしました。とてもかなしくなって、なきました。びょういんに行ってもあうことができないときいて、どうしようもないです。

いつ元気になるのですか。

はやく和美ねえちゃんがなおるように、ぼくはどうしたらいいか、いつも考えています。

和美ねえちゃんに、もっとすかれるようにするにはどうすればいいか、いろいろ考えました。そうすると、和美ねえちゃんが、がんばってはやくなおってくれると思うから。

和美ねえちゃん、いつも、ぼく、わがままでごめんなさい。まえにねえちゃんの洋服にソースこぼしてごめんなさい。いっしょにエイガみにいこうとやくそくしたのに、おねえちゃんがぐあいがわるくなって見にいけなくなって、ぼくがものすごくおこっておねえちゃんをこまらせてごめんなさい。

ぜんぶ、もうしません。だから早く良くなってください……」

そんな手紙を読む和美の様子を二人は植え込みの陰から見ていた。

「よし、ヒロ。そろそろだぞ」

鈴谷が言った。

「ホントにここでやるの？」

「あたりまえだろ。それで和美姉ちゃんは嬉しくって元気が出るんだ」

「そうかなあ」

ヒロは、ヴァイオリンをあごにあてた。タイミングはどうするんだというように鈴谷を見た。鈴谷は右手を振り、口を開いて「弾け！　弾け！」というジェスチャーをした。ヒロは少し肩をすくめる仕草をした後、覚悟を決めてヴァイオリンを弾き始めた。

曲は、あの『ロングロングアゴー』だ。

鈴谷は、それを見て思う。やはり、自分は楽器に向いていなかったのかなと。

ひどい音だ。丘の上で和美に聞かせてもらったものと、とても同じ楽器から出る音とは思えない。だが、一応、メロディが『ロングロングアゴー』であることは辛うじてわかる。

和美の耳にも届いているだろうか。

鈴谷は、病室の彼女を見た。和美が顔をあげた。その表情は、純粋な美しさをたたえていた。

ヒロの手紙で心を動かされたのだ!

そう鈴谷は確信した。

そして、今、和美はヒロの、拙《つたな》いながらも真剣な演奏を耳にする。完璧《かんぺき》な演出だと思った。

和美が、窓の外を見る。

ヒロの演奏に気がついたようだ。和美は明らかに驚いていた。

そこで、ヒロは調子っぱずれの音を放ち、腕を止めた。

弾き損ねたのだ。

どうしようという顔でヒロは鈴谷を見た。

「弾くんだ! いいから続けて」

鈴谷は手を振りまわしてヒロをはげます。再び、ヒロは『ロングロングアゴー』を最初から弾きはじめた。

鈴谷は思う。やはり同じところでミスしてしまうんだなあと。

窓の向こうの和美は、今、うつむいていた。喜んでくれているのだろうか？　そうであって欲しい。泣いているようにも見えた。

だろうか？

鈴谷が、ヒロに視線を移し、それから再び病室を見たとき、和美の姿は消えていた。

えっ？　何故？

次の瞬間が信じられなかった。病棟から、和美が歩いてくるのだ。ヒロも気がついて演奏をやめた。

「和美姉ちゃん」と言いかけて、言葉が止まった。パジャマにカーディガンの和美にとって、寒すぎる気温のはずだ。

和美はヒロからヴァイオリンを取りあげ、振り上げた。今にも叩きつけるように。

ヒロが言った。

「……お姉ちゃん、それ……弾いてよ」

振り上げた和美の手が止まり、ヴァイオリンを裏返してみた。『和美』という文字を見て鈴谷を睨んだ。

「二度とこんなことしないで」

そのままヴァイオリンを鈴谷に押しつけ、再び病室へ戻っていく。

「ちょっと待てよ！」

鈴谷が叫んだ。和美の足が止まった。

「あんたヒロと約束したんだろ」

和美が振り向いた。鈴谷は続けた。

「あんたが、ヒロの誕生日に、ヒロがあんたの誕生日にヴァイオリンを弾くって約束したんだろ。ヒロはその約束を守るために練習してる。それを見せたかったんだ。早く元気になってって！」

ヒロは、何故そんなことを鈴谷が知っているのかという目で見た。

鈴谷は、和美の赤い眼に気がついた。和美は泣き腫《は》らしていたのだ。だが、和美は無言のまま病棟へと去っていった。

23

たまたま鈴谷は、ロビーの掃除をしていた。そのとき帳場で電話が鳴った。椿もハルも、いないようだ。

仕方なく鈴谷は受話器をとった。

「はい、旅館『鈴谷』ですが」

「悪いんだけど、そちらに鈴谷さんっているかい？　ってか、旅館『鈴谷』だったら、皆、鈴谷だよな」

聞き覚えのある声だ。布川が電話してきたのだ。鈴谷はあわててあたりを見回した。誰もいない。

「鈴谷です。困りますよ。布川さん。ここではスズキって名乗ってるんですから。よく、ここにいるってわかりましたね」

「ああ、夜、うろついていたら、子供と一緒に歩いているのを見かけて後をつけたのよ。似た顔の子供だったな。あれが、あんたの子供の頃なのか？」

「そ、そうでしょう。で、何事なんですか？」

「おお。薄情者。何も連絡くれやしなくって何事ですかもないだろうが」

「あ、すみません。ちょっと、こちらも色々ととりこむことがあったもので」

「ボケ！　たわけ！　誰だって、とりこみ中なんだよ。てめえだけ忙しいってことはないんだ。連絡くらいしろや。連絡くらい」

「あ、すみません。すみません」

鈴谷は電話に向かって頭を下げた。頭を下げながら、何でこんなに卑屈にあやまらなくちゃならないんだと考えていた。でも、布川という若者は、あんなにハンサムなのに、何故ここまで口が悪いのだろうかとも思う。

「ちょっと出てこいや」

「え、今からですか？」

「そうだ。見せたいものがある。早く来ないとなくなってしまう」

「何がなくなるんです」

「百聞は一見にしかずって言ってなあ、口でどれだけ言っても見なきゃあ信じられねえこともあるのよ」

布川は、そんな謎めいた言葉を吐いた。

「臼井さんも一緒ですか？」

「知らねえよ」

「どこに行けばいいんですか？」

「決まってるだろ、あの海岸だよ。びっくりするぜ、救いのなさによ。すぐ来いよ」

布川の電話は一方的に切れた。ヒロを連れて帰った夜に、鈴谷は布川に尾《つ》けられていたらしい。だが、電話をしてこなかった、これ迄は……。ということは、余程のことで、布川は連絡をとってきたということになる。口は悪いが、それだけ切迫した何かがあったのかもしれない。

鈴谷は、あわてて掃除道具を片付けて、自転車で例の砂浜を目指した。

とりあえず、旅館の仕事は終えている。夕方までは、時間がとれるとふんだ。

砂浜に着くと、人は誰もいなかった。

関門橋の下を汽船が通過している。空は灰色で、鷗《かもめ》が飛んでいる。

この前訪れたときと何も変化はない……と鈴谷は思った。

砂に半ば埋れた金属片がある。ジュラルミン製の大きな釘のようなものだった。

何だよ。これは。

鈴谷が、その金属片を片手にとろうとしたときだった。

金属片が、手も触れていないのに、目の前でぐにゃりと曲がった。

「ええっ。何なんだよ」

遠くでかすかに、あのブリティッシュ・ロック、レッドツェッペリンの「胸いっぱいの愛を」が流れたような気がした。

同時に金属片は、消え去った。砂の中で、今までそこに金属片が存在していたという跡かただけが残った。

「消えた！」

あわてて、金属片のあった場所の砂を両手で掘った。

何も出てこない。確かに目の前で、釘のような金属片は消えてしまったらしい。

「どうしたんだ。何なんだ」

鈴谷は、自分の目が信じられなかった。

「やっと来たな。鈴谷さんよ」

背後から声がした。

振り向くと、首を傾げた布川が立っていた。

「今、見ましたか？　消えましたよ。銀色のでっかい釘みたいなもの」

鈴谷がそう言うと布川はうなずいた。

「だから、早く来いって言ったんだよ」

「何ですか。今の？」

「わかんなかったのか？」

仕方ねえなあという顔で、布川が言った。そのまま歩き出す。それから顎をしゃくってみせた。

数十メートル離れた場所。一面の砂の上にぽつんとそれがあった。

黒焦げになった椅子のようなもの。

唐突に砂浜の上にあるため、それは、まるで現代美術のオブジェのような非現実感が伴っていた。

「椅子みたいですね。不法投棄ですか」

「椅子みたい？　飛行機の座席だよ。よく見てみろ」

初めてそのとき鈴谷は厭な予感に捕われていた。砂に足をとられながら、あわてて近付いていった。

確かにそうだ。三席分の座席が砂から盛り上がるように転がっていた。座席の背から、紙片をとった。

搭乗券だ。

一月五日……。224便。そして搭乗券には、スズタニヒロシ様とあった。

「俺の座席じゃないか……何でここに?」

布川が、やっとわかったかというように首を振った。

「臼井って奴が言ってたよな。何故、クロノス何とかを使うことになったのかわからないって。そのときの記憶がとんでしまっているからって。これが理由だよ。わかったろう」

「わかったろうって。まさか」

「そう。俺たちが乗っていた224便は墜落しちまったんだ。それで臼井という野郎、クロノスを使ったんだ。逃れるために。その結果、感応した俺たちだけが一九八六年に連れて来られたんだ。

だから、あっちの……二〇〇六年の世界では、俺たちは行方不明の……死者だ。

思い出せよ。今なら思い出せるはずだ」

あのロックのリズムと同時に鈴谷の脳裏にとんでもない光景が広がった。

機内が急に回転を始める。鈴谷は224便にいた。スチュワーデスが後方へ飛んでいく。

酸素吸入器がいっせいに蛇のように上部から下がってくる。そして機の中央部から炎が長い舌のように後尾にむかって伸びてくる。悲鳴。泣き声。爆発音。激風。

そんなイメージが、布川の言葉に誘発されて次々と湧き出てくる。その瞬間については意識の奥底に封印されていたのだろうか。今、その記憶が解き放たれた……。

「もう、墜落したとき、俺たちは死んでるんだよ」

布川が、捨て鉢な言いかたで、とどめを刺すように言った。鈴谷は、にわかにその事実を受けとめることができず、砂の上にぺたりとへたりこんだ。

「嘘でしょう。信じられませんよ。ぼくたちがすでに死んでいる……なんて。

今、自分の手をつねってみましたよ。痛いじゃないですか。夢だったら……死んでいたら……痛みなんか感じないはずですよ。それに、腹は減るし、疲れたら眠くなるし、そんな死者が、どこにいるというんですか?」

まくしたてる鈴谷に、布川は舌打ちした。

「あんた、今、視《み》たんだろ。俺たちの乗った飛行機が、木っ端微塵《みじん》になるのを。それでもちがうっていうのかよ。事実なんだから、認めちまえ」

鈴谷の頭の中は、まったく整理できていない。うまく辻褄《つじつま》の合う説明が与えられないのだ。唯一、連想したのが、テレビドラマで見た「ふくろうの河」だった。徴兵された主人公は、敵に捕われ河のほとりで絞首刑にあいそうになる。だが、刑が執行されようとしたとき、ロープが奇蹟的に切れる。主人公は河の中に逃げ、なつかしの故郷を目指す。野を越え、山を越え、ひたすら故郷を目指す。そして苦難の道を、帰りたい一心で乗り越える。

我が家が見え、愛しい家族たちが、主人公を家の前で笑顔で迎えている。

やっと苦労が酬《むく》われたと主人公も喜色満面に我が家に両手を広げ走っていく。

そのとき。

ロープが伸びきり、主人公の意識が途絶える。絞首刑が終了したのだ。

鈴谷は、そのテレビドラマが、アンブロース・ビアス原作の「アウルクリーク橋の一事件」であることを知らない。ドラマの主人公は、絞首刑が執行され、死を迎える一瞬の間に、逃亡して愛しの家族のもとへ帰るという願望を幻視したのだ。

つまり、そういうことなのだろうかと鈴谷は思ったのだ。飛行機事故に遭い、死を迎える一瞬の間に、自分の潜在意識にあった願望、一九八六年に戻る夢を見ているのかと。旅館『鈴谷』に住みこみ、思い出の人々の中で生活し、生前の和美姉ちゃんと出会う。

それは、すべて臨死における意識の現象にすぎないのかと。

突然、例のロックのリズムが頭の中で鳴りはじめるのがわかった。かすかな、かすかな震動のようなものが、徐々に「胸いっぱいの愛《ホール・ロタ・ラブ》を」だと認識できるようになる。

鈴谷は、少し身体がふらつく。自分が未来へ引き戻されるときが来たのかと思った。まだ、何も覚悟ができていないというのに。

そのリズムは布川にも聞こえていたようだ。ぎょっとして、鈴谷を見ていた。

どちらが、未来へ引き戻されるんだ。

音楽と叫びのようなものが最高潮に達したときだった。

鈴谷の目の前にあった焼け焦げた飛行機の座席が、ぐにゃりと歪曲《わいきょく》し、次の瞬間、消失した。

「………!」

二人は黙って顔を見合わせた。

布川が言った。

「こうやって、二〇〇六年に引き戻されるんだ。さっきまでは、もっと凄い状態で散乱していたんだぜ。一つずつ、どんどん消えちまった。早く、この状況を鈴谷さんに見せてやらないと、思い出せないだろうし、信じてくれないと思って、電話したんだ。わかるだろう?」

「引き戻されたら……二〇〇六年に帰ったら……私たち、どうなってるんですか?」

「死体だよ。常識的に考えてそうだろう」

「臼井さんは、時間は可変性があるって言ってましたよね。飛行機事故が起こらないようにこの時代でできることはないんですか？」

「そんなこむつかしいことは、俺にゃわかんねえよ。とにかく、この次に会うときゃ、俺たちは天国でってことかな。おっと、俺ぁ、地獄に行ってるかもしれないがな」

布川は、じゃあなと言い残して浜辺を去っていった。一人、取り残された鈴谷は、しばらくうずくまったまま、身動きひとつできずにいた。

24

「どうしたの眠れないの？」

布団の中から、ヒロが鈴谷に声をかけた。鈴谷は、窓際で膝を抱えてまんじりともせずにいた。

昼間の浜辺のできごとが、頭から離れないままだ。とても眠れない。眠ろうとしても目が冴えてしまう。

夢であれば良かったのにとも思うが、砂浜に転がった座席にあった搭乗券の半券は、消えずに手許に残っている。夢ではなかった。

「ああ」

そう鈴谷が答えるとヒロが、心配そうに、「病院のこと？」と言う。

「ヒロは心配しないでいいよ」

「そう？　なんか他人事とは思えないよ」

そう言ってきた。

「先に寝ろよ。また明日も早いんだから」

「わかった。眠るから」

ヒロは、頭から布団をかぶる。十秒も経ないうちに寝息をたてはじめた。

壁に目をやると、ヒロが壁に貼った「ヒロの人生改造十カ条」が目に入った。鈴谷がそれを壁に貼れと言ったわけではない。ヒロがいつの間にか自発的に貼ったのだ。ということは、ヒロも本気で、自分の性格や生活態度を変えようとしているのだと鈴谷は思った。

そう考えると虚しくなる。

どんなに人生改造をしようとしても、二〇〇六年になれば飛行機事故に巻きこまれて死んでしまうのだから。

「人生改造十カ条」は、まだ九つしか書かれていない。

鈴谷が、大きく溜息をついて机から鉛筆をとり、その紙に近付いたときだった。

トン、トン。

小さなノックの音がした。

ドアを開くと、ハルが心配そうな顔で立っていた。

「あ、何でしょうか？」

「お客さんよ」

この時間に自分に会いに来る客は誰だろうかと思う。まさか、布川が会いに来たというわけではないだろうなと思う。

「どうしたの？　何だか顔色が悪いわね。まるで死人みたいな色よ」

ハルが、鈴谷の顔をのぞきこんで言った。

「いいえ、何でもないです。すぐ下に降りますから」

「そう……！」

鈴谷が下に降りると、ロビーには椿と青木保が、小声で話していた。

頭を下げながら、鈴谷は、客が布川ではなかったことに少し安心した。保が会いに来たのだろうかと思う。病院の一件を和美が保に話して苦情を言いに来たということなのだろうか。

「どうも……」

鈴谷が言うと、二人はぴたりと話をやめた。それから、保は、鈴谷の方を向いて深々と頭を下げた。

「夜分、申しわけありません。あの……スズキさんにお願いがありまして。あの……どう言えばいいのか……。和美がどうしてもスズキさんにお会いしたいというものですから」

鈴谷は意外だった。和美は病院の一件で心底、怒っているように見えた。それが、急に会いたいなぞと。

「私に……ですか？」

鈴谷が問い返すと、保が困惑した表情のままうなずいた。

椿を見ると、彼女も、行ってあげなさいというように、目で合図した。

「わかりました」

鈴谷は答えた。

旅館の表に、「そば処　たもつ」と書かれた白いバンが駐《と》められていた。鈴谷は保とともに乗りこんだ。

しばらくの間、なんとなく気まずい沈黙が続いた。鈴谷は心中、考えていた。保さん、どう思っているんだろうか？　どこの馬の骨とも知れない旅館の住み込み男に、娘が会いたがるというのは。そして、娘に頼まれるままに自分を迎えに来るという気持は。

ハンドルを握る保が、突然、話しはじめた。

「あのですね。……和美は、私の本当の子供じゃないんですよ」

あまりにも唐突な話の切り出しで、鈴谷はどう答えていいかわからなかった。

「私は、結婚はしてません。和美は養女なんです。和美の父親が、私の親友だったんです。和美の両親は、あいつが十二歳のとき、トンネルの崩落事故で突然亡くなりましてね。他に親類縁者もいなくて、和美は天涯孤独になっちまったんで、私がひきとったんですよ……」

「……そうだったんですか」

「……」

それは、鈴谷も知らなかった。子供の頃からずっと、和美は保の実の娘だとばかり思っていた。それから、もう一つ知らなかったこと。保はずっと独身を通していた。それが何故なのか。年上の椿を想い続けたということなのか。

保が、ふと思い出したように話題を変えた。

「和美に音楽をすすめたのは、私なんですよ。うちに来てしばらくは、両親を亡くしたショックからなかなか立ち直れなかったんです。もう十二歳って年齢でしたからね。愛する人を亡くした哀しみから、そう簡単に気持が切りかえられなかったんですね。私に対しても素直に気持が表わせなくってね。

それで、楽器でもやれば、少しは元気になるんじゃないかって思って、おまえピアノでも習うかって。

そしたら和美の奴、ピアノはいやだ。でもヴァイオリンなら習うってね……。試したんですよ、私を。だって、ピアノ教室だったらすぐ近くにあるのに、ヴァイオリン教室なんて……。私、聞いたこともなかったもんで……」

「でも……みつけたんですね」

「ええ。いろんなツテ頼って、北九州全部探しまわって、最高の先生をみつけましたよ！」

「……」

「でもね、その先生に言われたんです。ヴァイオリンで身をたてさせようと思ったら、幼児の頃からでないと無理かもしれませんよってね。それで私は答えたんです。和美の気持が明るくなりさえすればいい。ヴァイオリンで身をたてさせようなんて考えちゃいないって。

先生、変な顔してましたよ。

私も、和美に楽器が向いていなくて、あいつがやめたいって言えばやめさせてやるって軽い気持だったんです。ところが、習いはじめたら、あいつ、こんなに根性があったのかってくらいですよ。ヴァイオリンとの相性もあったんですかね。とにかく、寝る暇を惜しんでまで練習するんですから。才能もあったんでしょう。和美を教室に送っていったときに、先生に誉められましてね。和美はモノになるって。日本でもトップクラスになる素質を持っているって。それで、今度は、私の方が舞い上がっちゃったくらいです。

実を言いますとね、私は、音楽のこと、なーんにもわかんないんですよ」

そこで保は、顔を鈴谷に向けた。「まっすぐ前方を見て運転しないと」と言いかけたがその言葉を呑みこんだ。

保の表情が悲しみで歪んでいたからだ。

「なーんで、こんなことになっちゃうんでしょうねぇ。私も五十年間生きてきて、人様に背くようなこと、何一つやっちゃいないのに。和美だってそうだ。子供の頃にあんな不幸をかかえて、またこれだ。神様って不公平だと思いませんか？」

和美の病気のことを言っているのだ。保は自分の頭頂を人指し指でトントンと叩いてみせた。

「あいつは脳の……このあたりに、なんだか複雑なハレモノができてるんだそうです。……チャナ症候群という難しい名前の病気なんですよ。しかも、すごく珍しい病気だって」

鈴谷は、和美の病名までは知らなかった。鈴谷が知っているのは、ある日和美姉ちゃんが姿を見せなくなり、治らない病気だと聞いてしまい東京へ逃げ帰り、そして和美は、治療の方法もなく死んでしまったということだけだ。

「どっかの国の風土病なんですって。日本でかかった人はあまりいないんだって。宝クジみたいな病気に、なんで和美がかからなきゃならないのかなあって思うんですよ。症例があまりないから、モルモットみたいなものですよ。

でもね、主治医が言ってくれたんです。手術で助かった例があるって。症例が似てるから、やってみる価値はあるって。どう思いますか？　スズキさん」

「本当ですか？　それ」

鈴谷は、そんな話は初耳だった。和美はなす術《すべ》もなく病死したのではなかったか？　手術できるというのなら、何故、手術を受けたという記憶がないのか。

保が深い溜息をついた。

「ただ手術そのものが、けっこう難しいそうなんですよ。長時間にわたるらしくて……。和美の体力がもつかどうかって……。成功しても体力がもたなければ駄目だって」

「助かる確率はどのくらいなんですか？」

「一割以下って……。それに、必ず障害が残るらしいんです。成功しても。手とか足とかに麻痺《まひ》が……」

ということは、成功しても、やはり和美はヴァイオリンを弾くことができなくなるということだ。

「どう思いますか？　スズキさん」

またしても、保は鈴谷に質問した。

「和美さんは、そのことを……」

「知っています。一緒に説明を受けましたから。

それでもね。私としたらやはり和美に手術してもらいたいんですよ。だけどね、和美は絶対に手術受けないって言うんですよ。あいつ、すっかり生きる気力をなくしてるんです。だけど、私は和美に生き続けて欲しい。障害があろうがなんだろうが、生き続けて欲しいんです！」

最後は泣き声だった。鈴谷は、答えようがない。だが……これだけは確かだと思った。

和美は昔、手術を受けないまま病死している。

保は、病室の前で、首を横に振った。

「私は、遠慮します。和美も私がいたら話しづらいこともあるようですし。待合室の方におりますので、話が終ったら呼んで頂ければけっこうです」

「わかりました」

保の和美に対しての接しかたは、腫《は》れものにふれるような部分がある。血がつながっていないという事実を知らされたのもそうだが、和美自身も過激な反応を起こしやすい状態にあるのかもしれないと鈴谷は思った。

自分もどのように接したらいいのかわからない。

鈴谷は、保に深く頭を下げて和美の病室をノックした。

25

室内は薄暗かった。

照明は最小限に落としてある。

「こんばんは」

鈴谷が声をかけたが返事はなかった。だがシルエットは見える。

和美は上半身を起こしてベッドの上にいた。黙したまま窓の外を見ていた。

鈴谷を振り向いて見ると、無言のまま椅子をすすめた。鈴谷が腰を下すと、再び視線を窓の外に移した。

それから言った。

「ヒロ、どうしてる？」

「……死にそうなくらい落ちこんでます」

それは事実だ。和美が凄い目で鈴谷を睨んだ。かまわずに鈴谷は続けた。

「ヒロだけじゃないです。お父さんも椿さんも……ぼくも、皆すごく落ちこんでいます」

「……だから私に、どうしろっていうのよ」

「手術を受けて下さい」

鈴谷は、そう言った。本当はこう続けたかった。手術を受けて下さい。ぼくの記憶では和美姉ちゃんは手術を受けないまま死んでいる。時間は可変性があるんです。手術を受ければ、助かる可能性だってある。だから……。

和美は笑った。自虐的な笑いだった。

「なによ、それ。つまらないこと言わないでよ」

語尾は、鈴谷に突っかかっていた。手術を受けることなぞ、和美にとって、問題外のようだ。鈴谷に挑むような口調で続けた。

「あんたはさぁ、これまで何のために生きてきたの？」

鈴谷は答えなかった。そんなことを尋ねるために病院へ呼びよせたのではないはずだ。

「これから先は？　何のために生きていくの？」

「……そんなことあんたに関係ないだろう」

思わず鈴谷は怒鳴ってしまった。和美は、驚いたようだ。びくんと身体をすくめる。鈴谷がそのように激しい口調で返すとは予想もしていなかったのかもしれない。

即座に「すみません」と頭を下げた。

やがて、ぽつり、ぽつりと、和美は話し始めた。

「私は……ずっと昔から、プロのヴァイオリニストになるのが夢だった。才能なんてわかんないよ。だけど私にはヴァイオリンしかなかった。他になんにもなかったんだよ！」

和美自身は、できるだけ冷静に語ろうとしているのかもしれない。しかし、話すうちに感情が暴走しはじめて抑えることができなくなる。

和美は自分の右手をぎゅっと左手で握りしめる。そのまま悔しそうに唇を噛んだ。

「いつも完璧に弾きこなしていたフレーズがある日、突然弾けなくなるの。……指が……まるで自分の指じゃなくなったみたいにぜんぜんいうことをきかないの。最初に指先の方だけ痺《しび》れてて、それが手全体に広がって……。

それだけじゃない。

集中できなくなるのよ。突然に耳鳴りがして、頭が割れそうになって……。

……なんで私が？

なんで私だけが、こんなことになるの？

ねえ！

……怖いよ……私だって死ぬのは怖いよ！　手術しろったって……でも、手術して生き残れたとしても、二度とヴァイオリンは弾けないじゃない……。私からヴァイオリンとったら何が残るの？　何もないよ。私は、私じゃなくなるんだよ。だったら……」

「だったら何なんだよ」

鈴谷の頭の中で、何かがはじける音がした。

和美は押し黙った。鈴谷は声を張り上げていた。

「そんな甘ったれた話で、みんなが納得するとでも思ってんのか？」

「だったらもう帰って」

和美はナースコールのボタンを握った。その手を鈴谷ははらいのけた。

「いやです。ぼくはあなたが呼んだから、来たんだ」

鈴谷は両手で和美の肩を握った。

「ヒロどうしてるって？　冗談じゃない。あんたにヒロの心配する権利なんかない！　世の中にはなあ、生きたくても生きられない人間だっているんだ！　自分から……自分から生きることを捨てる人間に、他人の心配をする権利なんかあるか！」

「私にどうしろっていうのよ」

和美は泣き声になっていた。

「来いよ」

そのまま、鈴谷は和美の腕をとり、引きずるように病室を飛び出した。

ドアの外に、不安気な顔をした保が立っていた。中の様子が気になって、聞き耳をたてていたのかもしれない。

「すみません。ちょっと乱暴かもしれませんが、和美さんを連れ出します。お宅の方へ行きたいんですが」

鈴谷が言うと、保は何度もうなずいてみせた。

車内では三人はまったく会話がなかった。重い沈黙だけがあった。そば処『たもつ』に着くと、保に「ここで待っていて下さい」と言い残し、鈴谷は一人で店に入った。そのまま二階に上り、電気をつける。鈴谷は、我ながら非常識なことをやっていると思う。女性の部屋に勝手にあがりこんでいるのだから。だが、緊急のケースだ。仕方がない。

整然と片付けられた女性の部屋だ。主がいないために、生活感が欠落していた。見あたらない。

押入れを開きながら、またしても鈴谷は後ろめたさを感じていた。あった。

和美のヴァイオリンケース。

鈴谷は、それを取り出して階下へ駈け降りていった。

店から出ると、保と和美は路上に立っていた。和美は、鈴谷が持っているヴァイオリンケースに気がつき、顔色が変った。

「私の……ヴァイオリン」

鈴谷は無視したようにケースからヴァイオリンを取り出した。ヴァイオリンの裏に〝和美〟と銀色の細工で名前が入れてある。

保は何事が始まったのか、わからないらしい。ただおろおろと見守っているだけだ。

「本当に死ぬ方がマシだと思ってるんなら、いま、ここで、このヴァイオリンを叩き割れ！　お父さんも見ている、今ここで」

鈴谷は手に持ったヴァイオリンを差し出す。

和美は微動だにしない。

保は、どうしようもなく身体を硬直させたままでいた。

鈴谷はヴァイオリンをぐいと和美に押しつけた。

和美はヴァイオリンをもぎとり、そのまま地面に叩きつけた。

その瞬間だった。

ヴァイオリンは首の付け根のところで真っ二つに折れた。不思議と音は耳に入ってこなかった。

和美は、自分で自分がどうなってしまったのか、すでにわからなかった。ただ絶望と悲しみだけがあった。

「あんたが死ねばいいんだ……私のかわりに、あんたが死んでよ」

和美はそう言い捨てて車に駆けこみ、激しい音をたててドアを閉めた。

「すみません。出すぎたことをして。でも、こうしないと和美さんはわかってくれない。

車を貸して下さい。和美さんを病院へ送って来ます」

保にそう言いおいて、鈴谷は深く頭を下げた。それから、バンの運転席に座った。それが意外だったのか、和美はとっさに顔を背けた。彼女は泣いていた。

しばらくおたがい無言のまま、車は走り続ける。和美は後部シートに横たわっていた。

鈴谷の心の中では、やりすぎたかもしれないという後悔もある。あそこまでやらなくても。和美の生命に匹敵する大事なものを追いつめて壊してしまった。

「……なんで……なんで静かに死なせてくれないのよ」

弱い光を寄せ集めてできたような声だった。

鈴谷は思った。本音が口をついて出た。

「好きだからです」

和美は、あまりにも唐突な返事に息を飲んだ。

「和美さんのことが、昔から……今も好きだからです」

昔から……って？　今も……？　どういう意味？　あなたって誰なの？

「たとえ手遅れでも……報われない恋だとしても……ぼくは和美さんが好きなんです」

あなたは一体、誰？

和美はそう言いかけたが、言葉にすることはできなかった。

鈴谷の背中が震えている。泣いているのだ。

26

布川輝良は、夜の街をさまよっていた。

あてなどない。

あるにはあるが雲を摑むような話だ。

母さんにもう一度、会いたい。

そんな衝動で歩きまわっている。

だから目的地などあってないようなものだ。犬も歩けば棒に当たる。そんな確率を頼りに、母親を無意識のうちに探していた。

最初に、子供の頃に暮らした祖父の家のあたりをうろついた。何か手がかりがないかと考えたのだ。

祖父の家に足を踏み入れることはしなかった。あんな厭な思いをした門は、二度とくぐりたくもなかった。

祖父の家のまわりは、何度かぐるぐると回った。人の気配さえも感じられない屋敷だった。

手がかりが得られないまま、祖父の家を離れ、ひたすら歩いた。

歩いているうちに、声をかけられた。

声をかけられるまで、そこに人がいるということに布川は気がつかなかった。

電柱の陰から呼んだのだ。

「布川さん」

布川が立ち止まると、ベージュ色のコートを着た男がいる。あの男だ。

「あんた……」

そう布川は言った。名前が出てこない。

「臼井です」

「そうだったな」

「何してるんですか？」

「八〇年代の見物だ。悪いか？」

臼井は、いいえと首を横に振った。

「臼井さんは何やってるんだ?」

「実家が、この近くなんですよ。それで、別に何も用はないんですが、気がつくと、このあたりをうろうろしているんです。何もやることはないし……。実家に顔を出すわけにもいかないし……。ここいらをうろつくのは、本能的なものなんでしょうかねぇ」

臼井は頼りなさげな口調で、そう言った。

「そうか……。じゃあ、いいこと教えてやるよ」

「何ですか?」

「臼井さんが、飛行機の中で、何故、変な名前のクロノス何とかを使うことになったかってことだよ。思い出せたか?」

「いえ……。まだ、そこのところの記憶が欠落しているんですよ」

「そうか……」

布川は、浜辺で見た224便の残骸の件を、臼井に話した。

「だから、あんたは、それでクロノス何とかを使ったと思うぜ。それとも……クロノス……をあんたが誤って使ったから飛行機が爆発したか……。

どっちかっていうことだ」

臼井は、それを聞いた瞬間、呆然と立ちつくし、全身を小刻みに揺らしはじめた。眼を見開き、何か遠くのものを虚ろな視線で追っている。

「おい。臼井さんよ。どうした!」

返事がない。

臼井はしばらく全身を揺らし続け、その動きが止まると背後の塀によりかかり、大きく溜息をついて「……そんな……」と呟いた。

臼井も失われた記憶の中の真実を幻視したのだ。布川の話が、記憶をよびもどす触媒の効果を果たしたようだ。

しばらく臼井は、荒い息を吐き続けた。

布川がボソリと言った。

「臼井さんよ。何故あんたが、クロノス何とかを使ったのかわかったようじゃないか」

臼井は、何度も首を振った。

「わかりました。やはり、事故です。逃れるために空中で使ったみたいです」

それからポケットをまさぐった。細長いテレビのリモコン装置のようなものをコートのポケットから取り出した。

それがクロノス・ジョウンターなのだ。装置を臼井はまじまじと見つめた。

これが、自分を一九八六年に送りこんだのかという思いで布川は装置を臼井の手から取りあげた。

眺めても、何の変哲もない装置だ。年号を指定するような表示もダイヤルもない。ただ先端部分の透明な円型のプラスチックの蓋《ふた》の中に赤いボタンがあるのがわかるくらいか。鈴谷も言ってたっけ。おもちゃみたいな装置だって……。

「どうやれば一九八六年っていうことになるんだ？」

「赤いボタンを押すんですよ。それから、行きたい時代を念じればいい。赤いボタンを押しただけではメロディが流れるだけですが」

布川は、この装置がこれほどまでに簡単なものだったのかと驚かされた。

「二〇〇六年に引き戻されると、俺たちはどうなるんだ？」

布川が尋ねた。

「……」

臼井は口ごもった。

「あの残骸は人間じゃない。ばらばらの機体もどうして一九八六年に飛ばされてきたんだ。人間の想いに反応したのなら飛行機の部品もいっしょに来るわけないだろう」

「だから……」と臼井は言った。「だからすぐに未来へ引き戻されてると思います……」

「じゃあ、俺たちが二〇〇六年に引き戻されたときは？　わかっているんだろう。答は……」

「二〇〇六年の移動直前の時空に引き戻されます」

「……機体……は空中分解しているんだろう？　……だったら、二〇〇六年に引き戻される俺たちも空中ってことか……」

「…………」

「やっぱり死んでるんだ。どっちにしても俺たち。あんたに聞けば、少しは希望のもてる答を聞かせてくれるかと思ったのによ」

「あの……」

臼井が恐る恐る言った。

「なんだよ」

「あの……実は、私……何故、一九八六年という年を選んでしまったのか、理由がわからずにいるんです。それをずっと私、探しまわっているんです。私自身、潜在意識下にある理由で、一九八六年を選び願ったにちがいない。その理由が何なのか？

布川さんが来た理由は、わかる。まだ会ったことのないお母さんに会うためだった。角田のおばあさんも、愛犬のアンバーくんと再会したいという願いがあった。鈴谷さんも、彼なりに理由がわかったと言っていた。

ところがクロノス・ジョウンターを使った私だけが、この年にこだわった理由が摑めないままなんです。

このままじゃ、未来へ帰ることもないような気がします。布川さんたちはいいですよ。過去へ来た目的がはっきりしているから、悔いがなくなったら、〝成仏〟できるんだ。私ときたら、何故この年代に迷いこんだのか自分でもわからずじまいなんだ。過去をさまよう亡霊ですよ。

このままじゃ」

布川は、臼井と話しているとだんだん気が滅入ってくるような気がしてきた。

「もう俺は行くぜ！」

そう捨て科白を残して、布川はその場を後にした。

気になって布川が振り返ると、臼井は、まだぼおっと立ちつくしているだけだった。

また、ひたすら歩くだけだ。布川は思った。あてもなく歩き続けて……。

自分も臼井と同じように過去をさまよう亡霊のようなものかなと、ふと思った。

27

鈴谷とヒロは、日課の風呂掃除をしていた。ヒロは一所懸命デッキブラシを動かしているが、鈴谷の頭の中からは、もやもやが取れないでいた。せっかく和美と話をすることができたのに、彼女に手術を受けさせることもできずに、かえっておたがい傷つけあったような結果に終ってしまっていた。

病院にのこのこと顔を出すわけにもいかない。完全に手詰まり状態だ。王手をかけられた気分でいた。

臼井光男が言っていた。

時間は可変性がある、と。

しかし、この状況では、和美に手術を受ける決意をさせることは不可能に近い。無理に手術を受けさせても、彼女は生きる気力を失ってしまうはずだ。

トントンと鈴谷は背中を突つかれた。

ヒロが笑っている。

「仕事になってないよ。腰下ろしちゃって」

鈴谷が振り返ると、ヒロはデッキブラシの柄で突ついたのだ。

「なんだよ。ねえねえ。その目は、まるで死んだ魚みたいだよ」

「そうか……」

鈴谷は、自分でそれほどめげているのかと厭になった。せめて作り笑いでも浮かべようとするが、うまくいかない。

「一つ。返事は大きな声でやる。そして、笑顔で返事しよう。これ、作ってくれた人生改造十カ条だよ。まだ九つしかないけど」

ヒロは十カ条をすでに暗記しおえているようだ。鈴谷が浮かべたのは苦笑いだった。

浴槽の縁に座った鈴谷の横にデッキブラシを持ったままヒロが座った。

「ねぇ、昨日の夜、姉ちゃんとこに行ったんでしょ？　兄ちゃん、振られちゃったの？」

兄ちゃんとヒロに呼ばれたのは、鈴谷にとって初めてのことだった。

それは鈴谷にとって驚きだった。

「兄ちゃんって……俺のことか？」

「そうだよ」

ヒロはうなずいた。

「そんな関係じゃないよ。俺と和美さんは」

あわてて否定した。

「でも、好きなんでしょう」

ヒロはニコニコしながら追い討ちをかけてきた。ヒロと思考形態は同じはずだから、隠せないのかと鈴谷は絶句した。

「俺、兄ちゃんのこと好きだよ」

ヒロはそう言ってポケットに手を突っこんだ。中から二枚の紙切れを出して、照れくさそうに差し出した。

「これ、使ってよ」

鈴谷はヒロから受けとった紙片を見た。

〈東日本交響楽団コンサート〉

チケットだ。

「どうしたんだよ。これ」

ヒロはニヤリと笑った。

「俺、和美姉ちゃんと行こうと思って、ばあちゃんに買ってもらったんだ。でも、俺、兄ちゃんも姉ちゃんも好きだから、二人で一緒に行ってきてよ」

「そんな……」

チケットを鈴谷が返そうとすると、ヒロがまた押し戻す。

「行ってこいよ。兄ちゃん」

鈴谷は、不覚にも感動してしまった。

チケットをよく見ると、もう、この日の夜だということがわかった。

「ばあちゃんもハル九〇〇〇も、このコンサート行くみたいだけどね」

ヒロの思いやりに感動しながら、次の瞬間ある考えが閃光のようにひらめいた。それは神が与えてくれた恩寵《おんちょう》のようにも鈴谷には思えた。

「ヒロ。おまえもコンサート、一緒に行くぞ。当日券買うくらい、金は持ってるからな」

「えっ！　本当？」

ヒロが眼を輝かせたときだった。

はるかな上空で、飛行機の爆音が鳴り響いた。その爆音に続いて、あのロックのメロディが――。

「胸いっぱいの愛を」

目の前がだんだん暗くなってくる。

遠くでヒロの声が聞こえてくる。

鈴谷は目を見開いた。まだ、めまいがする。

「どうしたの兄ちゃん。一瞬、身体が灰色になってしまったような気がしたけど」

「大丈夫だ……」

「本当に？」

「それから……。それから……ヒロの人生改造十カ条は、まだ九つまでしか書いてなかったよな」

「ああ。さっき、そう言ったじゃない」

時間は可変性がある……。

鈴谷は、口に出さずにそうつぶやいた。

「よし、十カ条の最後の一つを言っておく。これが、一番大事だ」

「どうしたの。急に……。あとから部屋に行ってからでいいんじゃない？」

ヒロは、鈴谷の気迫に押されていた。鬼気迫るものを感じていたのかもしれない。

「いや、今だ。ヒロに一刻も早く言っておくべきだった。ヒロが、どんなに大人になって他の十カ条のことを忘れてしまっても、この最後の一つだけは、心に刻んでおけ。ひとつ。絶対に飛行機に乗るな！　どんなに時間がなくても、急を要しても、他の交通手段を使え。

わかったか？」

ヒロは、ぽかんと口を開いて鈴谷の顔を見ていた。きっとこう思っているのだろう。どんなに大事なことを言うのかと思っていたら、飛行機に乗るななんて。

「わかった……。わかったけど、兄ちゃんは飛行機恐怖症なの？」

「そんなんじゃない」

「テレビで言ってたよ。飛行機ってすごく安全なんだって。飛行機事故で亡くなる人よりも、自宅の風呂場で転んで亡くなる人の数の方が圧倒的に多いって」

「それは、一般的な話だ。これはヒロのための大事なルールだ。馬鹿げて聞こえたかもしれないが、すごく大切なことなんだ。

いいか？　男と男の約束だ」

ヒロは、わかったというように首をこくんとさせた。

「よし、言ってみろ」

「ひとつ、絶対に飛行機に乗らないこと」

「後で十カ条の最後に自分で書きこむんだぞ」

「わかった。でも、何かにちょっとメモしとく。後で書くから。兄ちゃんメモ用紙ないの?」

「仕方ねえな」

ポケットから紙片を出し、その隅に最後の十カ条を書きこんだ。「ほれ」と手渡す。

ヒロが、そのことの重要性をどの程度認識してくれたか自信はなかったが、鈴谷は、これで自分の運命を変化させる契機ぐらいは作れたはずだと思った。自分がヒロだった時代に、誰も「絶対に飛行機に乗ってはいけない」と助言してくれた人はいなかったのだから。

時間は可変性がある。

その言葉を信じるしかないではないか。

すべて、午前中の仕事をやりおえて、部屋に戻ると、鈴谷は壁に貼られた十カ条に気がついた。

ヒロの金釘のような文字が、最後にあった。
一、ぜったいにヒコーキに乗らない。たのまれても、急いでいても、すごくヒコーキに乗りたくなっても。
そう書かれていた。ヒロは、ちゃんと守る気でいるようだ。鈴谷は、うなずいた。

それから、胸のポケットから二枚のコンサートチケットを出し、眺めた。

〈東日本交響楽団コンサート
　指揮　間宮浩介《まみやこうすけ》
　会場　北九州市立門司市民会館
　開演　午後六時〉

今夜だ。

そのとき、閃光のようにあるアイデアが輝いた。もっと以前に、そのアイデアを思いついていたとしても、実現不可能かもしれないと没にしていただろう。

しかし、そのときの鈴谷には、ある種の高揚感があった。

ヒロに対して自分の運命を変えるかもしれないアドバイスができた。

自分自身に残されている時間はけっして長いものではない。

だからこそやるべきことはすべて試みる。

当たって砕けろ。

できなくて当たり前。

実行するしかない。

愛する人のために。

「ちょっと出てきます」

鈴谷はハルに言い残して、旅館『鈴谷』を出た。坂を猛スピードで駈けおりる。

——もし、うまくいけば……。

鈴谷は考える。

——もし、うまくいけば、和美さんを助けられる。自分の意志で手術を受けてくれる。そしたら、生きるって何かを、和美さんに実感してもらえる。それで自分は時間から引き戻され、生きることはかなわなくなるかもしれない。

本当に生きるって何かを、和美さんに実感してもらえる。それで自分は時間から引き戻され、生

それで、いいじゃないか。

これまで生きてきて、自分には、いつも和美姉ちゃんのおもかげがあった。自分にとって、和美さんが、一番大事な人であり続けているってことなんだ。だから、彼女を救う。

それが、自分がこの時代に飛んできたってことじゃないのか！

うまくいかなくてもいい。そしたら、次の方法を考える。どんなことをしてでも、一番大事な、一番大好きな和美姉ちゃんを助ける。

28

坂を駈け降りて、通りを渡ると、そこは、老松公園だ。その公園の樹々の間を歩いていくと、鈴谷は北九州市立門司市民会館の前に出た。

入口近くに、「東日本交響楽団コンサート」の立看板があった。

耳をすますと、かすかに内部から演奏が流れてくる。

鈴谷の予想にまちがいはなかった。前日に到着した楽団の人々が、夜の本番を前に会場で練習しているはずだとふんでいたのだ。

正面の入口から入ろうとすると、内部からロックされていて入ることができない。部外者は立ち入れないようになっているらしい。右手の方は、会館事務室になっているようだ。そこを通れば内部に入れそうだが、呼び止められて面倒臭いことになるような気もする。

会いたいのは、会館の管理者ではなく、東日本交響楽団のメンバーなのだ。

鈴谷は、ゆっくりと会館の周囲をまわってみた。忍びこめそうなところはないものかと。会館の左手に窓があったが、背が届かずに諦めた。舞台裏にあたる位置から移動すると、薄暗い入口が開いていた。

大道具搬入口だ。

楽器類を運びこむときに開かれたままになっていたらしい。すぐにトラックが横付けできて機材が運びこめるように高い位置にプラットホームがある。

そこに鈴谷はぴょんと飛び乗った。

内部からは、よりはっきりと楽器の音が聞こえてくる。

鈴谷が入っていこうとしたときだった。

「ちょっと、あなた」

呼び止められた。鈴谷は立ち止まった。

見ると警備員が立っている。逆光なのか、ややまぶしそうに鈴谷を見ていた。

「はい」

鈴谷は、わざと元気よく答えた。

「何か……どなたかに御用ですか？」

「は……ええ。その……」

警備員は不審そうな表情で近付いてきた。

「あなた……いったいどなた？」

鈴谷は、ポケットから書類を出して警備員に渡した。

「実は、このような件でして、入らせて頂きます」

頭を下げて、その場を後にした。警備員も頭を下げ、「あ、どうも」と挨拶を返した。あわてて、鈴谷は小走りで会場を目指した。警備員が追ってくるのは目に見えていたからだ。

案の定、鈴谷の後方で警備員が、「あんた、ちょっと、これ、ちょっと待って」と叫び出す。

それを無視して、鈴谷は、ひたすら会場を目指す。

警備員に渡した書類は「全国駅弁祭り」の企画書なのだから。

舞台の上手に鈴谷は飛び出していた。

中央の指揮台に立っている痩身《そうしん》の男が、指揮者の間宮浩介のはずだ。まだ練習中ということで、ラフなシャツ姿だが、全身から指揮者のオーラを発散させていた。

全員が、本番のための音合わせに余念がない。誰も舞台袖から出現した鈴谷のことなど気がつく様子もない。

どうやって、自分の願いを頼んだらいいものやら。とりあえず、指揮者の間宮と話してみよう。

そう決心して舞台中央に移動しようとしたときだ。

足がもつれた。

空席の椅子に足をとられたのだ。かろうじて体勢を立て直すことに成功したのだが、椅子は飛ばされ、予想外の大きな音をたてることになった。

ドン！

いっせいに楽器の音がやんだ。

会場は水を打ったように静寂になる。と同時に無数の視線が鈴谷に集中した。

「あ！」

鈴谷は、どうしていいものか、一瞬パニックに陥りかけた。それから、乗りかかった船とばかりに指揮者の間宮にむかって走った。

間宮の前に直立した。

「間宮先生！」

そのまま土下座した。

「お願いします」

直訴である。封建時代にお殿さまにそんなことをすれば打ち首かと鈴谷は思うが、他に方法は思いつかない。

「話を聞いて下さい」

突然の闖入者《ちんにゅうしゃ》に、間宮浩介は、やや呆れ顔でいた。いったい何の目的があるのか摑めず戸惑いを隠せない。

鈴谷にできることは、必死で頼むことだけだ。そうすれば必ず通じると信じて。

「この門司に天才的なヴァイオリニストがいます。彼女は、難病にかかって、好きなヴァイオリンを断っているんです。その人に何とか、希望を持たせたい。手術を受けさせたい。生きる意欲を持たせたい。

そんな人がいるんです」

間宮浩介は、どうしたものか、その時点では、まだ判断がつかずにいた。そのとき、警備員が、おっとり刀で舞台に飛びこんできた。

「あなた、いったい何者なんだ。部外者だろう！」

鈴谷の腕を摑みかけたとき、とっさに間宮がそれを止めた。

「待ってください。今、この人の話を聞いているんです」

間宮のそのときの判断は、自身でも説明のつかないものだった。鈴谷の言葉には切羽つまったものが感じられたのは、まちがいない。

警備員は、そこで「は！」と直立した。

鈴谷は、再び水を得た魚のように喋《しゃべ》りはじめた。

青木和美が、いかに天才的なヴァイオリニストであるか。彼女が襲われた病気がいかに残酷なものであるか。彼女に生きようという意志を持たせるためのさまざまな方法を検討したが、最良の方法としてこれ以外には考えられなかったこと。

とにかく、必死で、鈴谷は話した。間宮は終始、黙って話を聞いてくれた。楽団員の中からは、鈴谷の話で、すすりあげるような音が、いくつか漏れはじめていた。

そして最後に鈴谷は頭を下げた。祈るように言った。

「お願いします」

しばらく、鈴谷はその姿勢のままでいた。沈黙の時間がしばし流れた。

「頭をあげてください。

しかし……それが、本当にその女性を助けることになるのでしょうか。何度も病による発作に襲われているということは……その演奏の途中で失敗されたり、お客さまの期待にそえなかったりということもありえるわけです。

それが心配です。逆にその女性のプライドも、生きようという意欲も粉々にしてしまう気がするのですが」

間宮は、そう言った。人間として、常識的な判断のはずだ。

だが、それを受け入れたら和美の運命は何も変らない。間宮も、それが結論とは思っていないようだ。指揮棒を持ったまま腕組みをして、じっと、鈴谷の返事を待っている。

鈴谷は答えた。

「……もしも、自分の生命に限りがあるということに気がついた人間なら、誰でもそう思うはずです。挑戦しないで後悔するよりも、挑戦して後悔したほうがいい。するべきだって……ことです」

それは、青木和美のことでもあるし、我が身が置かれた絶望的な立場を口にしたことでもある。和美は、保や鈴谷にその気持をやり場もなくぶつけてしまうが、鈴谷自身は誰にもその気持を伝えることができないのだ。

間宮は、しばらく考えていた。それから、ふと思い出したように、楽団員の方を向いた。

「柏木《かしわぎ》さん」

間宮に呼ばれて、一人の女性が立ち上がった。

「はい」

ヴァイオリン奏者の一人らしい。彼女は自分が呼ばれることを、うすうすと予期していたように思えた。

間宮が柏木という女性に尋ねた。

「さっき、門司にすごいヴァイオリン奏者がいるって話をぼくにしたよね。確か、そのとき、青木さんって言ってたような気がするけど、ちがったかな」

柏木がうなずいた。

「青木和美先輩です。私の母校の一期先輩です。首席だったんです。皆のあこがれの人なんです」

間宮は、うなずき、柏木を座らせた。

鈴谷は意外だった。驚きでもあった。楽団員に和美のことを知っている人物がいたなんて。

だが、千人の味方を得たような思いだった。もう少しだ。

「お願いします」

鈴谷は、またしても頭を下げた。

その背中を誰かがポンポンと叩いた。見ると、さっきの警備員だった。

「あ……あんた偉いよ。俺、俺、感動しちまったよ」

警備員はハンカチを鼻にあてて、顔中を、涙でくしゃくしゃにしていたのだ。

29

布川は、もうほとんど諦めかけていた。思いつく限りの人の集まりそうな場所は、門司の隅から隅まで歩いていた。それでも、母親の靖代を見つけることができないままだ。

ひょっとしたら母さんは門司を離れているのかもしれない。

港近くのうら淋しい裏通りをとぼとぼと歩いていた。

腹が空いていた。

朝から何も食べていないということに、そのとき、初めて気付いた。

何か、食べなくちゃと思う。

前方にラーメンと書かれた提灯が見えた。手元の金も残り少ない。誰かを脅して金をせびるということも考えたが、母親と会ってしまってから、今一つ、そんなことをやるには抵抗があるのだ。人生が残り少ないならば、母親がいるはずのこの地で、せめてまっとうな人間として終わりたいと考えている自分がいた。

「ラーメンでも食べるか」

ひとり言のようにつぶやき、ラーメン店に近付く。外にまで油っこいスープの臭いが漂っていた。布川は、ごくりと唾を飲みこんだ。

店に入ってラーメンを注文した。

五十過ぎの小肥《こぶと》りの女が、黙々とラーメンを作る。他に客はいない。あまりうまいラーメンじゃないかもしれない。

カウンターの上に、女主人の親指が突っこまれたラーメンが出され、怒鳴りあげようかと思ったが、じっと耐えた。

そこまで我慢できる自分に布川は驚いた。ひょっとして、やはり自分は仏様に近付いているのかもしれないな、と。

一口、ラーメンを啜《すす》り、「まずい！」と思う。これほど空腹なのに、まずいと思わせるラーメンを食べさせられたことに驚いた。今度は、あまりに呆れ果てて怒ることさえ忘れていた。

女主人は、ラーメン作りが終ると、カウンター内にぺたりと座りこみ、じろりと布川を睨み、女性週刊誌を読みはじめた。

これ以上、ラーメンが喉を通らないなと考えたとき、女主人が立ち上がった。思い出したように布川の前を歩き、壁の貼紙に手をやった。

貼紙には「店員募集／住み込み可」とあった。その貼紙をいきおいよく剝ぎとった。

「？」

布川が疑問符を頭に浮かべたのと、店の入口がガラリと開いたのが同時だった。

布川がラーメンを噴き出そうとしたのも無理はない。立っていたのは、母親の布川靖代だった。大きな腹で、つらそうにラーメンの配達用岡持《おかもち》を抱えていた。靖代は、布川に気がついたらしく、身を固くさせ、緊張しているようにみえた。

布川靖代は、このラーメン屋で働いていたようだ。

布川は、ラーメン代をカウンターに置くと靖代に言った。

「話があるんだ。そこまで」

靖代は脅えたように、布川と女主人の顔を交互に見た。女主人は、靖代のお腹の父親と思ったのかもしれない。一つ大きくうなずいた。

「すぐ話、終るから」

布川は女主人に言い、礼を言って靖代とともに外に出た。

歩きながら埠頭を目指す。

「よくも、あんなまずいラーメン屋を選んだな」

布川は、第一声でとりあえずそう言った。再会したらああも言おうこうも言おうと頭の中でいろいろと考えていたのだが、そんなつまらないことを言うなんて……と自分で厭になった。

靖代は黙っている。怖いのかもしれないと布川は思う。

「なんにもしねえよ」

そう言った。

靖代は、うなずいた。

「わかってる。……あなた、いい人だって。初めて見たときから、私にはわかっていた」

それを聞いてホッとした。しかし、布川が誰なのかは尋ねてこない。

「あんた……そのお腹の子供、どうしても産むのか？」

何故、そんなことを尋ねるのかという表情を浮かべたが彼女はきっぱりと答えた。

「産みます！」

「なんでだよ！」

「……」布川の剣幕に靖代は目を丸くした。

「なんで、そんな父親もわからないような子供を産まなくっちゃならないんだよ」

靖代は、黙り、それから「帰ります」と言って立ち去ろうとした。

「馬鹿野郎！　俺が話をしているんだ」

布川が怒鳴ると、靖代は、ぴくんと立ち止まった。

「あんたはなにもわかっちゃいないよ。そんな子供……絶対にろくな人間にならねえんだよ。生きてる価値のねえ、虫けらのようなチンピラにしかならねえんだよ」

靖代は、唇を噛みしめ、黙って聞いているだけだ。布川は思う。何とか言ってくれよ。母さん。俺はどうでもいい。母さんの人生のことなんだ。頼むよ。

「おまけになぁ、おまけにそんなロクでもねぇ子供産んでなぁ……それがとんでもねぇ難産でなぁ、生まれなくてもいいそいつのためにあんたが命を落とすことになるんだ！　くだらねぇだろそんなの？」

何でそんなことがわかるか不思議なはずだ。見ず知らずの人間から、そう言われて。でもそうとしか言いようがないのだ。

「そんなこと言っても、お腹の子に罪はありません」

靖代は凄い目で布川を睨んで言った。「……それに、もう、産む産まないじゃないんです。だって……だってもう動いているんです。生きているんですよ」

靖代が近付いてきて、布川の右手をとった。

その手をそのまま靖代の腹にあてた。

「ほら」

あわてて布川は、その手を引っこめた。

靖代はかまわず再び布川の手をとった。

「触ってみて下さい」

布川は言われるままに、今度は自分の方から手を腹に近付けた。

腹の中でぴくぴくと何かが動くのがわかる。

かすかに、ときに激しく。

「う、動いてる」

思わず布川はそう漏らした。

これは俺だ。

「蹴ってるんだろ。これ。な」

「そうです」

靖代は、そう答えて嬉しそうに布川を見た。布川は感動していた。生まれてこの方、こんな感動を味わったことがない。駄目だ。涙目になってしまう。

靖代は自分のお腹を愛しそうに撫でていた。微笑みながら。

「あんた強い人だな」

そう言う布川の声はかすれてしまっていた。それ以上、その場にいれば号泣してしまいそうだった。

そのまま布川が、その場から駈けだそうとしたときだった。

「待って」

靖代が布川に言った。

「あなた……ひょっとして……」

ひょっとして、誰と言おうと思ったのかは布川にはわからない。

しかし、それが誰であっても、その問ははずれていたはずだ。

溢れそうになる涙をこらえながら、布川は振り返って言った。

もう、何も考えられなかった。

心の中にある想いが、一言に集約され口をついて出た。

「俺……あんたの子供に生まれてよかったよ……母さん」

靖代は、そう言われて愛しげに自分の腹をさすった。

そして、その言葉の意味をはかりかね、顔を上げた。

誰もいない。

潮風の音が響いているだけだ。

30

冬の夕暮れは、いつも急ぎ足でやってくる。

和美は、ベッドで身を起こし、ぼんやりと窓の外を眺めていた。

影が長く伸びている。日没まで、そう時間はかからないだろう。

夜を迎え、眠りの浅い長い時間を過ごし、また朝を迎える。そして昼はまた長く、夜が来る。

そんな時間を、あとどのくらいこの病室で過ごすことになるのだろうか。そして、病院を出ることなく、いつか症状が進行して、朽ち果てる。

なんの歓びもない。

なんの望みもない。

ただ、ぼんやりと時を過ごす。あれほど、生命以上に大事にしていたヴァイオリンも、自らの手で壊してしまった。もう、自分は魂の抜け殻でしかない。

そんな虚しい時間がいつまでもあるのなら、いっそのこと一刻も早く、死が迎えにきてくれた方がマシだと思う。

ノックの音がした。

ドアが開き、保が入ってきた。

その姿を見て、和美は驚いた。

保が病室に、タキシード姿で現われたからだ。唇を嚙みしめるようにして、和美にうなずいてみせた。何故、うなずいたのか、和美にわかるはずもない。

和美は保のタキシード姿など見たこともなかった。知人の結婚式の披露宴に招かれたときでさえ、普通の背広姿で出席するくらいなのに。

和美が保の養女になる以前の、昔々に作っていたものなんだろうか。その証拠に、押入れの奥から引っ張り出したようによれよれで、痩せていた時代に作ったのか、ズボンはパンパンだ。丈も合ってないし、おまけに防虫剤の臭いが病室中に漂っている。

それでも保は、タキシードを着たときのそれが礼儀だというように、背筋をしゃんと伸ばしきっていた。

和美は、どうしたものか戸惑っていた。いったい何が起こっているのか。

保は、右手の手さげ鞄《かばん》から何やらを取り出した。

それを、そっと和美のベッドの上に広げた。

黒のドレスだった。保が、和美の大学の卒業コンサートのためにプレゼントしてくれた礼服だった。和美もシックでシンプルなデザインのそのドレスは気に入っていた。

保は、そのドレスの上に、二枚のチケットを置いた。

和美は、そのチケットを見た。

〈東日本交響楽団コンサート
　指揮　間宮浩介　〉

日付は今夜になっていた。

門司に間宮浩介が来る。

そう言えば、街角のポスターで見ていた。間宮浩介の指揮によるコンサートは、一度、ぜひ生で聴いてみたいと願っていた。

体調がこのようにならなければ、東日本交響楽団の入団試験も受けたいと願っていたくらいだ。

だが、病院にかつぎこまれてから、絶望のあまりそんな意欲も湧いてこない。コンサートがあることさえ、意識の外に締め出してしまっていた……。

保が口を開いた。

「スズキ君が、俺たちをコンサートに誘いたいそうだ……。人生最後のお願いだと言っていた……」

和美は、そのチケットから目をそらせずにいた。

保は続けた。

「コンサートって、やはり正装で行くべきなんだろう。似合っているか?」

和美は、やっと笑顔を保に向けた。


鈴谷とヒロが正装して門司市民会館に着いたのは日没前だった。

その日は、宿泊客がなかったため、旅館は戸締りして「本日休館」の貼紙がしてある。

椿やハルは、昼過ぎからそわそわして美容院に出かけるほどの熱の入れようなのだ。すでに鈴谷やヒロより早く市民会館に出かけていた。

鈴谷はスーツ姿、ヒロは蝶《ちょう》ネクタイに黒短パンである。

入場するとき、警備員が鈴谷に「や、どうも」と挨拶してくれた。「うまくいくと、いいですな」と。二人は席に着く。

ヒロが、不思議そうに鈴谷に尋ねた。

「なんで警備員のおじさん、兄ちゃんを知ってるの？」

「他人の空似かな」

そう鈴谷はごまかす。ヒロには、話してはない。

「でも、じゃあ、なぜ『いやあ、どうも』って答えてたの？」

ヒロが突っこむ。鋭い指摘だ。

「細工はりゅうりゅう、仕上げをごろうじろってことだよ」

「ははぁん、また兄ちゃんは何か悪だくみを考えたんだ」

「ま、そういうことだ。ヒロ、驚くぞ」

「病院の二の舞になるんじゃない。教えてよ。こちょこちょするぞ」

「しっ、静かに。コンサート会場で騒いだら駄目なんだぞ」

しばらく黙るが、コンサート会場の特殊な雰囲気は二人を緊張させてしまうようだ。おまけに開演の時間が、刻々と近付いてくる。

「ヒロ」

「兄ちゃん」

二人が同時に顔を見合わせて言った。同一人物なのだから、反応も似ていて当然なのだが。

「何なの？」

「何だよ、ヒロ」

「いや……和美姉ちゃん、来ないなぁと思ってさ」

鈴谷も、それが少し心配になっていたところだった。ひょっとして、病状が悪化して、コンサートに出かけるどころではなくなったのかもしれない。あるいは、保からコンサートのチケットを渡されたと聞いて和美が出かけるのをはねつけたりしたのではないか。

いろんな不安要因が鈴谷の頭の中で交錯する。

いや、和美は来るはずだ。

絶対に来る。

そう念仏のように口の中で唱える。祈るような気持でいた。

暗い舞台の上から、さまざまな楽器の音合わせが聞こえてくる。楽団員たちは、すでに揃っているようだった。

「開演まで、もう時間がないよ」

「ヒロ、あせるなって。必ず和美さん来るから」

自分に言い聞かせるようにヒロに言う。

「来たっ！」

ヒロが肱《ひじ》で、鈴谷を突ついた。あわてて振り向いた。

ホール入口から、保にエスコートされながら和美が入ってくる。

「来たよ。来たよ。来たよ。和美姉ちゃん」

ヒロは嬉しくてたまらない様子だ。鈴谷と同時に自分の小鼻をつまみ、パチンと指を鳴らした。

和美の顔色も心なしか、いいようだ。まっすぐにホール入口から通路を歩いてくる。黒いドレスが、和美の品位を象徴するかのようだ。

保と和美は、鈴谷たちには気がつかなかったのかもしれない。自分たちの列を過ぎ四つほど前方の右に席をとった。

その後方に、ハルと椿の姿があるのもわかった。ハルも椿も、髪を結った着物姿だ。いかにリキを入れてコンサートに望んだかがわかる。

「うひひひひ」

「うひひひ」

鈴谷とヒロは、顔を見合わせて笑った。

そのときだった。

会場全体が、暗くなった。

開演だ。

拍手が前方でおこると、それが一瞬で会場全体に拡《ひろ》がった。

鈴谷は、拍手をしながらあわてて深く席に座りなおす。

舞台に照明があてられた。

楽団員が全員、席に着いている。そして、中央の台の上に、間宮浩介が立っていた。彼は深々と客席にむかって頭を下げた。

それから間宮が指揮棒を振り上げた。

会場は真の静寂だ。

ゆっくりと指揮棒が振られると、宝石のような音色が、ゆっくりと奏でられはじめた。

最初は緩やかに、そして穏やかに。その曲名が『カヴァレリア・ルスティカーナ間奏曲』というイタリア歌劇でも有名なものであることは鈴谷もヒロも知りはしない。演奏は徐々に豊潤なものに変化していく。

鈴谷もヒロも圧倒され、聞きほれる。

31

臼井は夕暮れの町を歩き続けていた。臼井は二十年前は十四歳。中学二年生だった。クラスでは優等生。家庭では、真面目な一人息子だった。少々、運動神経が鈍いガリ勉タイプに属していたかもしれないが、世間的には「立派なおぼっちゃん」ということになる。父親は、公認会計事務所を開き、母親は典型的な教育ママだった。

何の心配もない環境だったはずだ。

だが、臼井は、その時代のことは厭な思い出しかない。

学校の授業でもそうだった。

他の生徒たちに教師はまずあてる。そして誰にも答えられない状況になって、最後に臼井に回ってくる。

「さて、臼井君。この答はどうなりますか?」

そこで、臼井は正解を答える。

あてられて答えられなかった他の生徒たちから快く思われるはずもない。

親友と呼べる友人は、ほとんどいなかった。

天才肌ではなかった。

努力して結果にたどり着くタイプだったため、帰宅すると、ひたすらまた勉学の時間が続いた。母親は金に糸目をつけずに、優秀な家庭教師をつけてくれた。日替りで科目ごとに別の家庭教師がつくのだ。

息を抜く暇は、まったくなかった。

だが、はっきりと自分の役割だけは認識していた。

学校では、教師たちにとって他の生徒たちの規範となるべき存在。

家庭では、母親が他人に自慢できる成績優秀な存在。

仕方なく臼井は、その役割を演じ続けた。

何か他にやりたいことがあったのかもしれないが、その「何か」を思いつくほどの心のゆとりはなかった。

おまけに完璧主義の母親から、些細《ささい》なケアレス・ミスでテストで満点がとれないと、目から火を噴くほど怒られた。

だから、その時代、臼井にとっていい思い出は何もないのだ。

何故、過去へ飛ぶとき、一九八六年を選んでしまったのか、わからないままだ。

そんな時代の臼井自身も大嫌いだ。家族も大嫌いだ。会いたくもない。

だから、実家の近所をうろうろとさまよっても実家に一定以上の距離を置き、近付こうとしない。

かといって、実家から大きく離れてしまおうともしない。

何故だか、自分でもわからない。

そんなわけのわからない自分自身も厭になる。もう、何日、この時代をさまよい続けているのか。

答は見つからないままに。何か、この時代に思いを残していることがあるはずだと臼井は思う。それは、意識の表面から消し去ったものの、その奥底の澱《おり》の中で未だにくすぶり続けているものかもしれない。

実家が見える場所に立つ。

人の出入りは、まったくない。

家庭教師が一人、実家に入っていっただけだ。あれは、英語担当だったかなと思う。発音するとき口角に泡をためていて厭だったなと思い出す。中学教師を定年退職した人だったっけ。近付いて教えられると全身からニコチンの匂いがして気分が悪くなりそうだった。そんなことも、母親に話していない。

こうして実家の門を見ていても、午後八時までは人の出入りはないと見極めがつき、その場を離れた。

臼井の家は長谷一丁目の高台にある。そこから、坂を下っていく。

庄司町の方へ曲がり、ある角まで来たときだった。

胸が高鳴った。

どうしたんだろう。臼井は思う。

その角を曲がってはいけないという思いが起こった。と、同時に、その角を曲がらなければならないという強迫観念が追いたてる。

その気持は、いったい何なのだろう。

その角を曲がらなければ。

すくみそうになる足を欺《だま》し欺しして臼井はその石垣の曲がり角を曲がった。

思わず臼井は声をあげそうになった。あわてて両手で口を押さえる。

鉢が叩き割られていた。

石垣に無数に取り付けられていたらしい吊《つ》り鉢から、花が抜かれ道に散乱し、いくつかの鉢は、道に転がっていた。

シクラメンの花もサザンカの花も踏みつけられている。執拗《しつよう》に踏みにじられている。思いつきの悪戯ではない。悪意に満ちていた。

臼井の膝が、がくがくと震えた。

何故、膝を震えさせたかというと、その狼藉《ろうぜき》の犯人が二十年前の臼井自身であることを思い出したからだ。

そこに淋しそうな表情を浮かべた老人が、立っていた。哀しそうに首を振る。

石垣の屋敷の主人らしい。

閃光のように、二十年前、臼井自身がやったできごとをまざまざと思い出していた。

英語のテストで、何の単語だったか、複数形のSをつけずに答え、百点満点のはずが、ほんのわずか減点になったのだ。

そのことで母親にこっぴどく叱られた。何故、そこまで責められなければならないのか理不尽なほど叱られた。注意力散漫の人間失格呼ばわりまでされた。何故、九十八点ではいけないのか。何故百点でなくてはいけないのか。今度は注意するよという言い訳も通用しなかった。

ジュースを買いにいった帰り道、妙にむしゃくしゃしたときに、花々があった。その花花の華麗ささえ、腹が立った。

　誰も見ていない。

そんな行いを何度やったろうか？　三度だ。

今日は、何度目の日だったのか。

やった後は、胸が痛んだ。何故あんなことをやったのだろうか、と。

罪の意識で何度謝りに行こうと思ったことか。

でも、器物破損の犯罪者だ。家だけではない。警察に突き出され、学校にも報告されてしまう。

そう考えると怖くて謝りに行けなかった。

自分の人生の中で犯した唯一の大罪だ。

その罪故に、後悔をずっと引きずっている……。

だからこそ、一九八六年という年代を無意識に思い浮かべたのだ。

クロノス・ジョウンターを使ったときに。

老人は、無心に道に散乱した花々や、植木鉢の破片を片付けていた。その背中が、やはり淋しそうだ。

その老人が、はっとしたように振り返った。臼井の気配に気が付いたのだ。

老人と視線が合った臼井は、胸をどきどきさせながら頭を下げた。

老人も頭を下げた。

「あ……あの」

臼井は、おどおどと言った。

「なんでしょうか」

鉢を持つ手を止め、老人が問い返した。

「あ……あの。私も手伝います」

臼井は、比較的無事だった鉢を持ち上げた。もう、申し訳なくて、今にも泣き出しそうな表情になっていた。

老人は一瞬、不思議そうな表情を浮かべ、それから「すみませんねぇ」と言った。穏やかで、温かな声だった。

二人で玄関先に運ぶ。だが、どうあやまっていいのか、臼井にはわからない。だから二人の間に会話がない。

思い出したように老人が言った。

「ウチの奴がですねぇ、死ぬ前に急に花が見たいと言いよってですねぇ、仕方がないから、それから花の勉強して必死になって育てはじめたんですよ。春は春の花、冬は冬の花。年中、途絶えんようにってね。今でも、ずっと続けとったんですが……」

臼井は、胸をしめつけられるような思いで立ち止まった。思わず言った。

「だったら、なおのこと許せないでしょうねぇ。大切に育てた花をこんなふうにするなんて……」

老人は淋しそうな笑みを浮かべた。

「誰がやったかも、わかってはいるんですけどね。この近所の中学生なんですよ。名前は臼井光男というんですがね」

臼井は愕然とした。

「……知ってたんですか？」

老人はうなずいた。

「ちょっと気弱そうなんですが、悪い子じゃないと思うんですよ。受験勉強のやりすぎかな。ストレスが溜まりすぎて、そのむしゃくしゃをどこへも持っていきようがなかったんだと思いますよ」

すべて老人は承知していたのだ。申し訳なさに臼井はなんの言葉も出てこない。

老人は、鉢に泥と花を戻しながら続けた。

「花は育てればまた咲く。

でも、ここにまた花が咲いたら、あの子はここを通るたびに自分のやったことを思い出して胸を痛めるにちがいないんだ。そう思うと、わしより、あの子の方がずっと可哀相だ」

臼井は鉢を抱えたままで涙を拭くこともできなかった。ぽろぽろと涙が流れてくる。

臼井は今しかないと思っていた。二十年間ずっと後悔していた罪を償うのは。

泣き声だった。叫ぶように言うしかなかった。

「ずっと、ずっと謝ろうと思ってたんです。でも……でも……勇気がなくて……」

そのとき、耳許で、臼井の大好きな曲「胸いっぱいの愛を」が流れ始めた。そうだ！

謝るのにZEPも応援してくれるんだ。臼井はそう思った。

「どうも！　すみませんでした！」

その瞬間、臼井光男の姿はぐにゃりと歪みそのまま消え去ってしまった。

臼井が持っていた鉢植えがガシャンと落ちて砕けた。

老人が、ふっと顔を上げてつぶやいた。

「仕方ねえ奴だなあ。あいつ。また割っちまったじゃないかぁ」

32

コンサート会場は、荘厳ともいえるクライマックスにさしかかっていた。

鈴谷とヒロは、その演奏の重層的なうねりに圧倒されていた。二人とも、このような場所で、演奏会を堪能するのは、初めての経験だ。鈴谷がヒロだった時代は、このときは東京に逃げ帰っていた頃だから、縁がなかった。鈴谷が成長する過程でも、クラシックに興味はあったものの、積極的にコンサートに出掛けることもなかった。

つまり、二人とも初体験である。

圧倒された二人が、感動し、ならんでぽかんと薄く口を開いて聞きいっていた。

指揮者の間宮浩介の泳ぐような両手が振りあげられ、徐々に徐々におろされていく。

それまでの盛りあがりが、夕空の陽が静かに沈むように終った。

鈴谷とヒロは、同時に大きく「はぁ」と溜息をついた。演奏の終了と同時にある種の緊張が抜け落ちたのだ。

間宮浩介が振り返り、観客にむかって、深く一礼した。と同時に満場で拍手が渦を巻く。

「よかったぁ、兄ちゃん」

ヒロが鈴谷の袖を引っ張った。

「よかったなあ。すごかったなぁ」

鈴谷もヒロにうなずき返す。

「あれ」前方の和美を見て、ヒロが言った。

「和美姉ちゃん、寝ちゃってるのかなぁ。うつむいたままだよ」

「ばか！　あれはな。和美さん、感動のあまりその余韻にひたっているところなんだよ」

「そうかぁ。安心したよ」

鈴谷はヒロに答えたものの、和美がどのような気持でいるのか、心配でいた。

舞台上手から、若い女性が出て来る。女性は拍手を受ける間宮浩介にハンドマイクを渡した。間宮が話す。

「北九州の皆さま、本日は、ありがとうございました」

またしても拍手が湧き起こった。

間宮が片手をあげ、何かを喋りだそうとしている。急速に拍手が消えた。

「さて、皆様。実は本日この会場に、まだ無名ではありますが、きわめて才能豊かなヴァイオリニストの方がひとり、お見えになっております」

間宮が、そう言った。鈴谷は、やった！　と叫び出したかった。ヒロは眼を輝かせて鈴谷に言った。

「これか！　これのことだったんだね」

「ああ」

間宮が続けた。

「ご紹介します。青木和美さん、どうぞステージへ」

スポットライトが会場をさまよい、一カ所で止まった。その光の中に和美がいる。

――誰なの、青木和美って。

――聞いたことないわ。

――どういう仕掛けなんだ。

観客席には、無数のざわめきが起こっていた。

鈴谷は念じる。和美さん、立ってくれ！　そして夕暮れの丘で弾いた名演奏を皆に聴かせてやってくれ。これしか方法を思いつかなかった。頼む！

和美が振り返った。鈴谷の席を彼女は知っていたのだ。病院の中庭で見せた怒気を含んだ目をまたしても鈴谷に向けていた。

「二度とこんなことしないで」

「何故、静かに死なせてくれないのよ」

そう言っていたときの目だ。

椿とハルが、その後ろで、予想外のできごとに、そわそわしているのがわかった。何故こんなことにという様子で、保と和美をみつめながら首を揺らしている。

青木和美にとって、聞こえてきた間宮浩介の声は、まったく現実感がなかった。何故、あの偉大な天才指揮者の口から、自分の名前が呼ばれるのか？　あの憧れの指揮者自身から。

ありえないことではないか……。

夢の中のできごとのような気がする。

夢なら早く醒めて欲しい。

眩しい光が、自分に当たっていることがわかったとき、それが夢などではないことを悟った。

舞台から、間宮浩介その人が、じっと自分を凝視《みつ》めている……。

何故だろう……。

他に思いあたらなかった。このコンサートに自分を招待した人、そう、スズキさん……。彼が手配したにちがいないのだ……。

同時に和美の中で複雑な自分自身でもわからない感情が渦巻いた。歓びと怒りと戸惑いと……。

スズキさんは、後ろにいる。

発作的に和美は振り返った。

スズキさんは笑ってはいなかった。真剣な表情でこちらを見ている。その隣にヒロも。

どうすればいい。

このまま、病院に逃げ帰りたい。コンサートを聴きにくるんじゃなかった。

ヴァイオリンも壊してしまった。そんな記憶も断ちきってしまいたかった。なのに、このコンサートに足を運んでしまった……。

楽団の女性の一人が立ち上がっている。間宮浩介の横に立ち、手にしたヴァイオリンを自分の方に差しだしている。

あれを使えということか。弾けはしない。いつまた発作が起こるかわからない。

隣で、父の声が聞こえた。

怒った様子もない。静かに言う。つぶやくように、ひとりごとのように言う。

「和美、迷うことはない。

誰のためでもない。習いたい、弾きたい、そう思ったときのおまえの気持だ。……ただおまえ自身のために弾けばいい」

その一言で、和美は決意した。

弾こう。今……自分自身が自分自身であることを確かめるために弾こう。

もう一度、鈴谷を見て和美は立ち上がった。まっすぐに舞台を目指した。

ざわめきがみるみる鎮《しず》まっていく。まばらな拍手さえ起こるが、会場のほとんどが半信半疑でいることが和美自身にもわかった。

舞台に立った和美を間宮浩介が、中央に、と手で合図した。

和美にヴァイオリンを持った楽団の女性が近付いて言った。

「青木先輩。一期後輩の柏木です。ずっと、憧れていました」

そう言って和美に自分のヴァイオリンを手渡した。

うなずいた和美は、受けとってその感触を確かめた。顎にあて、弓を握った。

そう……この感触だ。やはり忘れられない。

和美は、そう思う。

何を弾けばいいのか……。

そう、あれだ。思い残しがないように。ヴュータン作曲『ヴァイオリン協奏曲第5番』。最後にあれを弾き納めにしたい。自分のために。

「兄ちゃん大丈夫かなあ。和美姉ちゃんは、練習、全然してないよ」

ヒロが不安気に言った。

「心配するな」

鈴谷がヒロの肩を叩いたとき、儀礼的な拍手が会場でまばらにあった。

和美が弓をかまえたのだ。

「弾くぞ！」

鈴谷が言った。

和美の腕が動いた。その弓が妙な方角へ滑った。きしむような不協和音が漏れる。

和美は失敗したのだ。

再び弓を持つ右手をだらりと垂らした。

「ああっ。ダメだ。ぼくもう見てられない」

ヒロが顔を伏せた。

どうしたのだろう。鈴谷は緊張する。全身が硬直してしまうようだ。

場内が、再びざわめきに包まれた。

「ねぇ、和美姉ちゃんどうしてる?」

ヒロが顔を伏せたまま鈴谷の腕を握った。

「大丈夫だ」としか鈴谷は答えない。しかし、自分はとりかえしのつかないことをしでかしてしまったのではないかという思いも心の隅に生まれていた。

和美は、間宮浩介を見た。間宮が、応援している……というように和美にうなずいてみせた。

それに勇気づけられたのかもしれない。

和美が再び弓をかまえた。

ヴァイオリンを持つ手が小刻みに震えているのが鈴谷にわかった。痺れが来ている!

鈴谷は神の名を口にした。

奇蹟的に、和美の震えが止まった。小さな発作から解放されたのだ。

和美が目を閉じた。表情から硬ばりが消え、無心になったことが鈴谷にもわかった。

弓が動いた。

完璧な音色だ。

ホール内が瞬間的に鎮まりかえった。

激しい曲だ。超絶技巧というのだろうか。迸《ほとばし》るように、鈴谷が聞いたことのないメロディが噴き出してくる。演奏技術だけのものではない。和美のヴァイオリンに託した気持が凝縮され伝わってくる。

鈴谷は、その曲名さえ知らない。

でも、これだけはわかる。

和美の内部に抑圧されていた音楽に対しての真の想いが、ヴァイオリンの演奏という形で、何一つ余すことなく語られている。

暗さもない。

迷いもない。

輝きだけがある。

彼女は、本当は生きることをまだ捨ててはいないのだ。

その激情は、高みに向かって、ひたすら奏でられていく。

演奏が終った。

しばらく静寂があった。

観客は拍手することさえ、忘れ、曲にのめりこんだようだ。

思い出したように会場は、割れんばかりの拍手になった。

「やった！」

鈴谷とヒロは全身を震わせ、床を踏み叩いて拍手した。

パーフェクト！

和美の目に光るものが見えた。

肩を震わせていた。

拍手は鳴りやまない。

その和美は、自分自身の気持に耐えられなくなったのかもしれない。手にしたヴァイオリンを、柏木に返すと、そのまま舞台裏へ走り去った。

「どうしたの？　和美姉ちゃん」

ヒロが叫ぶ。

反射的に鈴谷は席を飛び出した。

他に何も考えられなかった。

ただ、和美のことが気になる。

鈴谷は、舞台に跳びあがり、和美が去ったあとを追った。

鈴谷が和美の姿を見つけたのは、楽屋へ続く白一色の通路だった。

黒一色の和美が壁にもたれかかり、子供のように泣きじゃくっていた。

追いついた鈴谷の気配に和美は気がついたようだ。

彼女は突然、言った。

「こんなんじゃだめ……全然だめ……あたしもっと上手くなりたい……もっと……」

鈴谷はなんと声をかけるべきかわからなかった。

「素晴らしい演奏だった」とか「みな感動していました」とかでは陳腐すぎるではないか。

和美が振り返った。

幾筋もの涙が頰に筋を作っていた。

「もっと……生きたい」

そのまま和美は鈴谷にしがみついてきた。

その和美を鈴谷は大事なこわれものを受けとめるように、そっと抱きとめた。

「そう、……どうしても……生きるべきだと思う」

鈴谷が言うと、和美は小さくうなずいた。

そしてもう一度、はっきりと意志をもってうなずく。

和美を救った……。

その満足感が、鈴谷を包んだ。

ヒロが通路奥から顔をのぞかせているのがわかった。
鈴谷にヒロが、ニコッと微笑んだ。
そのとき、あの曲が、鈴谷の耳許で響きはじめた。
ブリティッシュ・ロック。臼井がこよなく愛した曲。
「胸いっぱいの愛を」
和美を救うこと。
その目的を果たすことができたとき、鈴谷にとってのタイムリミットが訪れた。
「和美姉ちゃん……」
思わず鈴谷は言った。それから、ヒロに「和美姉ちゃんを頼むぞ」
そう言いたかった。しかし、そこまでは、時間流は待ってはくれなかった。
泣きじゃくる和美の腕の中から、鈴谷は、フワリと消失した。

33

「ただ今、帰りました」

栄子が、和彦に声をかけた。吹原和彦は、コタツの中で読書をしていた。最近は、あまり運動をやっていないのが気になるが、春先を迎えたら散歩でも始めるかと考えている。もう二年後には会社も定年を迎える。そうすれば、時間はどれだけでもある。それから、生活習慣はどうでも変えることができるじゃないかと、おっとりかまえている。

栄子が、コタツに入ってきた。

「どうですか？」

和彦は文庫本から顔を上げた。それから、栄子の顔を見て不思議そうに「何が？」と尋ねた。

もう一度、栄子は同じことを言う。

「どうですか？」

和彦は何を尋ねられているのかわからず、その質問の意味を真剣に考えた。

「どうですかと急に言われても……」

栄子は、大げさにはぁーっと溜息をついてみせた。

「どうしたんだ。何か、悪いことしたのかな。ぼくは」

あわてて和彦が尋ねると、栄子は首を横に振った。

「やはり、結婚して三十年も経つと、自分の女房の髪型にも気がつかなくなるんですねぇ」

和彦は、あっしまったと思う。

まったく気がつかなかった。

「美容院に行ってきたんですよ」

「そうか。そういえば美しくなっている」

和彦は、再び文庫本に視線を落として、言った。

「同窓会か、何かのパーティでもあるの？」

栄子は、それを聞いてぷっと噴き出した。

「いやだぁ。パパ。しっかりして下さいよ。もうすぐですよ。稔が家に来る日」

ああ、そうだったと思う。息子の稔は近くで一人住まいしている。

「別に珍しいことじゃないじゃないか。稔が来るからって美容院に行くってことになるのか？」

栄子は、それを聞いて呆れたような表情になった。

「やだぁ。元旦に、稔が言ってたじゃありませんか。今度、父さんたちに紹介したい人がいるから連れてくる。よろしくお願いしますって。それが今日になったのよ」

ああ、そういえばそんな話もあったな。和彦は思い出した。

紹介したい人というのは、稔が交際している相手のようだ。あらたまってそんな申し出をしてくるというのは、稔も結婚を前提として交際しているということか。

稔も、もう三十歳を目の前にしている。最近の若者は、結婚年齢が高くなっていると聞いたような気がするが、稔の年齢では、いつ結婚するといってきても、おかしくはないと思う。

「だから、今夜は、四人でここで食事ということになってます。パパはドジを踏まないように」

「ああ、わかった。細心の注意をはらうよ」

「私、ちょっと台所にいるから。もうすぐ稔が来るはずだから、テーブルの飾りつけを済ませておきます」

「ああ、じゃ、今日はご馳走というわけか。酒がすすみそうだな」

「それが、ドジのもと」

栄子が、台所へと消えた。和彦はリモコンを押してテレビをつけた。

まだ、テレビでは正月番組の延長のようなテレビショーをやっていた。毒にも薬にもならないタレントたちの空騒ぎが延々と続く。

息子が結婚を考えている……。

相手は、どんな女性なのだろうか。

稔は慎重派だから、かなり手堅い家庭的な女性を選ぶような気がする。

それはかまわない。稔が連れてくるのだから、どんな女性であっても和彦は、祝福を与えようと考えている。そして、次の楽しみは孫の顔を見せてもらうことか。

眼はテレビの画面に向いているが、何も見えてはいない。ぼんやりと、そんなとりともない考えが溢れてくる。

孫、か……と思う。

自分の人生は、派手さはなかったものの、このように過ぎていくのであれば穏やかなものだったと感謝すべきかもしれないな、と。

「準備万端！」

栄子が、再びこたつに潜りこんできた。

「あっ、えらく早く終ったな」

「ええ、料理はお昼に用意しておいたから、もうすぐですよ」

「そうか」

「パパ、ジャージはやめといた方がいいと思う。いくらなんでも、失礼だと思うけど」

「いいよ。あるがままの姿を見てもらってた方が。栄子がそれだけバッチリきめてるんだから」

栄子が呆れたような顔をする。

「そういえば」

栄子が思い出したように言った。

「正月に稔が、変なこと言ったのよ」

「何て」

「稔が、私の顔をしげしげと見て、言ったの。この年齢の父さん、母さんと、子供の頃、正月に会ってるって」

「子供の頃……？」

「ええ。私たちが門司にいた頃だって。正月に泥棒に入られたことがあったじゃない」

「ああ、そういえば。大騒ぎしたよな」

「あのとき、稔はパパとママに似た人たちを見たっていうの。それで何となく不思議だけど変な気持で、私たちに黙っていたらしいのよ。たぶん、他人の空似だろうって言いきかせて。

で、正月に私たちと会ったら、急にそのことを思い出したって」

「変な話だな。子供の頃って色んな想像をするからなぁ」

「うん。でも、稔は、その意味を考えるけどどうしてもわかんないって。変な話よねぇ」

「あまり、意味ないんじゃないか？」

「そうね」

テレビで、ニュースが始まった。

「あっ、もう六時ね。そろそろ稔たちが来る時間よ」

栄子が、立ち上がりかけたときだった。

「あっ、これって門司じゃないか？」

「本当。なつかしいわねぇ。ずいぶん行ってない。何かあったの？　門司で」

「んーと。あぁ、北九州の飛行機事故の件じゃないかな」

テレビの画面では、門司港で事故の捜索にあたる人々の様子に加えてアナウンサーが事故の経過について伝えていた。

「――数多くの犠牲者を出した羽田発門司空港行224便の墜落事故機に搭乗していた乗客のうち、最後の行方不明者の遺体が、今日未明、関門海峡沖で発見されました。発見されたのは、九州理科大学客員教授で、数学基礎論で世界的に知られる臼井光男さん三十四歳。布川輝良さん十九歳。角田朋恵さん七十二歳――」

そのとき、玄関でブザーの音がした。

「稔だわ。時間どおりね」

「ああ。緊張するな」

二人は立ち上がりテレビを消すと、息子とまだ見ぬ息子の交際相手を迎えるために、玄関へと小走りにむかっていった。

34

「先生、さようなら」

子供たちが、それぞれのケースに自分のヴァイオリンを納め、母親に連れられて帰っていく。

「はい、さようなら。おうちでも練習続けてね」

青木和美が子供たちに、そう声をかけた。

「青木ヴァイオリン教室」のその日のレッスンは、それで終りだ。

和美は、カーテンを閉めるために、窓際へ左足を引きずるようにして近付いていった。

二十年前に、難病にかかった。

手術を受けたのだが、後遺症が残ってしまった。左足と右手の麻痺だ。

一度は、死を覚悟した。だが、ある男性の勇気づけにより、生を選択した。

右手は不自由のままだが、右手に弓を縛りつけることで、大好きなヴァイオリンを曲がりなりにも続けている。

手術が終り、意識をとり戻した和美が感じたのは恐怖だった。しばらく、リハビリに専念し、その期間にヒロは東京の実家に呼び戻されていた。自分に勇気をくれたスズキさんという不思議な男性の行方もわからない。

彼は、いったい何者だったのかもわからないままだ。それでも和美が自分の身体のハンディキャップと恐怖に負けない気持を与えてくれたのは、その不思議な男性の「それでも生きろ!」という言葉だ。そして、一度は生きることに挫《くじ》けそうになった自分自身に対しての悔しさでもある。

人は、何故生き続けなくてはならないのか……その答は和美自身もまだよくわからないままだ。それでもその悔しさは十分に生きることに対してのバネになっていると思う。

父である青木保も六年前に他界した。今はひとりぼっちの暮らしだ。

リハビリを続けていた頃は、毎週末、東京に帰ったヒロと長電話もしていた。しかし、いつしか年賀状のやりとりだけになってしまい。その面影も遠いものになりつつあった。

二十年。

ふた昔も前のことだ。人の心が何かを忘れさるには十分すぎる時間だろう。

和美がひとつずつ椅子を片付ける。

それは、今の和美にとって途方もなく時間のかかる作業だ。

和美はラジオをつけた。椅子を片付けるには、まだまだ時間がかかる。ラジオをつけておいたほうが、単調な作業の助けになるような気がする。

——羽田発門司空港行224便の墜落事故の続報です。

ニュースの時間らしい。この和美が住む門司上空で飛行機事故があったらしい。最近は飛行機事故のニュースはあまり聞かなかった。

そのときだった。

入口のドアを叩く音が聞こえた。

「どうぞ。開いてますよ」

和美が、そう声をかけた。

ドアが開いた。

背の高い男が立っていた。

「こんにちは。お久しぶりです」

黒いスーツを着た男。その顔に和美は見憶えがあった。いや、あれから忘れたことはない。

和美は、思わず言った。

「スズキさん……」

まちがいない。けっして忘れはしない。

男は、腕を上げ頭をかいた。

「和美姉ちゃん……ぼくだよ。鈴谷比呂志です。ヒロだよ」

「ヒロ……」

和美は信じられなかった。そうかもしれない。あれから二十年が経過しているのだから。

そういえば……この男はヒロの面影を残している。

立ちつくしている和美に鈴谷が言った。

「和美姉ちゃん、入っていいかなぁ」

和美がうなずくと、鈴谷は荷物を持って、教室に入ってきた。

「和美さんに会うの……二十年ぶりだ。

やっぱり来てよかった。全然変っていない」

鈴谷は、そう言った。もう一度、和美は鈴谷の顔を見る。あれから、何度も夢の中に現われて勇気づけてくれたスズキさんに見れば見るほどよく似ている。

「そんなに驚いた？　俺も、あれから何度も和美さんを訪ねようかと思った。でも何となく勇気が出なかった」

鈴谷と和美は教室の椅子に腰を下ろした。

「東京から？　飛行機？」

鈴谷は首を横に振った。

「スズキさんって憶えてるかなぁ。あの人と約束したんだ。一生、飛行機に乗らないって。それで、新幹線を使ってきた」

鈴谷は苦笑いしながら言った。

「そう。ヒロが立派になってて……良かった。私は、おばあちゃんになってしまったけど。ヒロは、北九州に来たのは、仕事？」

鈴谷は「ちがうよ」と答えた。

「目的は二つあった。

もう、俺も三十歳だ。で、この二十年間、和美姉ちゃんと別れてから、ずっと和美姉ちゃんのことばかり考えていた。で、昨日の飛行機事故のニュースを聞いたとき、俺、何故かわかんないけど、今、和美さんに会わなきゃならないって……本当に何故、そんな勇気が急に湧いたのか……とにかく、もし、今、和美さんも一人でいるのなら、俺と一緒になってくれないかって頼みにいこうって。挑戦しないで後悔するより、挑戦して後悔する方がマシって……スズキの兄ちゃんの人生十カ条の八番目にも書いてあったし」

「冗談ばっかり。私……もう四十過ぎてるし、それに……それに……身体だって」

和美は、そう言って顔を伏せた。

「冗談じゃないよ。保お父さんだって、椿のばあちゃんのことずっと好きだったじゃないか。年の差なんて関係ないよ。身体だって……好きでそうなったんじゃないだろう。俺がいた方が、もっと楽にできるんだよ」

和美は、自分の頬に暖かいものが流れていくのが、わかった。何度も和美はうなずいていた。

「それから、不思議なことがある。スズキさんが一生飛行機に乗るなってメモしてくれた紙片は飛行機の搭乗券の半券だった。それには、スズタニヒロシって俺の名が書いてあった。スズキさんって、ひょっとしたら俺の〝未来の幽霊〟だったのかなって思った」

やっと声が出るようになって和美が言った。

「もう一つの目的って何だったの？」

鈴谷はうなずいて、荷物を広げた。トランクの中からヴァイオリンケースが出てくる。

「俺、和美姉ちゃんの手術前の演奏を聞いてから音楽関係の仕事をやりたくてたまらなくなった。名演奏はできなかったけど、スター楽器というところに勤めている。

これ……。和美姉ちゃん、自分のヴァイオリンを手術前に叩きこわしたんだよね。保お父さんが壊れたヴァイオリンを淋しそうに持っていた。

そのヴォイオリン。俺が貰ったんだ」

鈴谷はヴァイオリンケースを開いた。中から手入れされた新品同様のヴァイオリンが現れた。

「今、スター楽器で俺、ヴァイオリンを作ってる。このヴァイオリン……俺の技術で、やっと復元したんだ。これを和美姉ちゃんに返すこと。

それが、二番目の目的だった。俺が和美姉ちゃんに胸張って会えるというのは……復元が完璧にできてからだと思ってたし……」

鈴谷は、そのヴァイオリンを、そっと和美の左手に握らせた。

和美は、ヴァイオリンを裏返した。まちがいなかった。そこにかつて見た「和美」の銀文字があったのだ。

こんなことって……。こんな奇蹟のようなことって。二十年の時を経ても起こりうるなんて。

手にしたヴァイオリンに引き寄せられるように、それを和美は顎にあてる。まだ、右手に弓を縛ったままだ。そっと、その右手が動いた。麻痺がとれないはずの右手が、まるで魔法にかかったように、軽やかに。完璧に。

その曲は、鈴谷も知っていた。

クライスラーの『愛の喜び』だ。弾むような調べ。渦のようなメロディが終ると、涙を溢れさせた和美は、鈴谷に深々と礼をして言った。

「生きて……よかった……」

鈴谷は手を伸ばして言った。

「これからは、ずっと一緒にいよう。和美……さん」

青木和美は鈴谷比呂志に身体を支えられながら、幾度となくうなずき続けた。

――了――

映画「この胸いっぱいの愛を」

出　演	伊藤英明
	ミムラ
	勝地　涼
	宮藤官九郎
	中村勘三郎
	倍賞千恵子
プロデューサー	平野　隆
共同プロデューサー	下田淳行　久保田 修
原　作	梶尾真治 （「クロノス・ジョウンターの伝説」朝日ソノラマ刊）
監　督	塩田明彦
オリジナルテーマソング	柴咲コウ「Sweet　Mom」 （UNIVERSAL J／chimera energy）
製　作	映画「この胸いっぱいの愛を」製作委員会

この小説は、2005年秋に劇場公開される、映画「この胸いっぱいの愛を」の内容をもとに、梶尾真治氏がノベライズ作品として書き下ろしたもので、ストーリー、設定などに映画と若干の変更が含まれています。

SHOGAKUKAN BUNKO

好評新刊

ほどよく長生き　死ぬまで元気

鈴木輝一郎

世を挙げて高齢化社会。同時多発、介護お悔やみ時代の今におくるスラプスティックス〝死〟小説、待望の文庫化。

妖怪文藝〈巻之壱〉モノノケ大合戦

東《ひがし》雅夫《まさお》／編

日本文学を徘徊するモノノケたち。文豪の名作から現代人気作家の作品まで、活字の海から妖怪たちが躍り出る。

ビー・クール

エルモア・レナード
高見浩／訳

2005年秋公開映画の原作。音楽業界を舞台に、元高利貸しが、イカレた奴らを相手にクールな戦いを展開する。

千里眼　トランス・オブ・ウォー（上）（下）

松岡圭祐

人質救出に向かったイラクにたったひとり取り残された臨床心理士・岬美由紀が遭遇した人生最大の危機。

新ゴーマニズム宣言⑨

小林よしのり

反日に隠れて中国が行ったチベット民族浄化の実態とは？　いま進行中の中国の「犯罪」から目を背けるな！

失踪

西村京太郎

十津川警部と並んで西村京太郎ミステリーのもう一つの人気シリーズ、私立探偵・左文字 進、傑作長編推理。

本書のプロフィール

本書は、書き下ろし作品です。

この胸いっぱいの愛を

著者　梶尾真治(かじお しんじ)

二〇〇五年十月一日　初版第一刷発行
二〇〇五年十月二〇日　第二刷発行

編集人　稲垣伸寿
発行人　佐藤正治
発行所　株式会社 小学館

〒一〇一-八〇〇一
東京都千代田区一ツ橋二-三-一
電話　編集〇三-三二三〇-五七二一
　　　販売〇三-五二八一-三五五五
振替　〇〇一八〇-一-二二〇〇

©Shinji Kajio 2005 Printed in Japan
©2005映画「この胸いっぱいの愛を」製作委員会

ISBN4-09-408047-3

印刷所　　　　大日本印刷株式会社

造本には十分注意しておりますが、万一、落丁・乱丁などの不良品がありましたら、「制作局」（☎〇一二〇-三三六-三四〇）あてにお送りください。送料小社負担にてお取り替えいたします。（電話受付は土・日・祝日を除く九時三〇分〜十七時三〇分までになります）

本書の無断での複写（コピー）、上演、放送等の二次利用、翻案等は、著作権法上の例外を除き禁じられています。本書の電子データ化などの無断複製は著作権法上の例外を除き禁じられています。代行業者等の第三者による本書の電子的複製も認められておりません。

R〈日本複写権センター委託出版物〉
本書の全部または一部を無断で複写（コピー）することは、著作権法上での例外を除き禁じられています。本書からの複写を希望される場合は、日本複写権センター（☎〇三-三四〇一-二三八一）にご連絡ください。

小学館文庫

この文庫の詳しい内容はインターネットで24時間ご覧になれます。またネットを通じ書店あるいは宅急便ですぐご購入できます。
アドレス　URL http://www.shogakukan.co.jp